KB133480

컬러 필드

박문영 경장편

라벤더 · 7p

베이지 우드 · 31p

티타늄 화이트 · 49p

티타늄 화이트, 티타늄 화이트 · 70p

블랙 · 86p

골드 브라운 · 129p

메탈릭 블루 · 146p

애플망고 · 157p

애플망고, 아쿠아 · 171p

작가의 말 · 180p

프로듀서의 말 · 184p

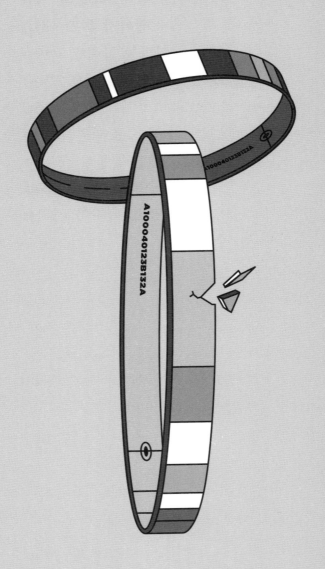

라벤더

죽은 남자의 손목엔 라벤더색 팔찌가 채워져 있었다. 팔찌 표면엔 실금이 가득했고 말라붙은 혈흔은 팔찌의 밝은 바탕색 때문에 더 칙칙해 보였다. 시신의 뒤통수는 크게 훼손된 상태였지만, 이목구비는 멀끔했다. 어쩌면 유례없는 폭설과 한파 그리고 얼어붙은 땅이 그의 얼굴만은 보존해 준 것인지도 몰랐다.

시신 주변으로 비닐과 종이 상자들이 어지럽게 휘돌았다. 부서진 인조 석판이 폐드럼통에 부딪히자 날카로운 마찰음이 들렸다. 공사장 근처에 사는 몇몇 주민이 실눈을 뜨고 출입 통제선 가까이 모여들었다. 겨우내 인적 없던 길은 사람들로 차츰 붐비기 시작했다. 폐건물 뒤편 구덩이에서 남성의 변사체를 발견한 인부들은 줄담배를 피웠다. 담배를 끊었던 인부 한 명도 옆 사람이 건네는 담배를 받아 들었다. 그는 1년 넘게 금연 중이었지만, 무리 중에서 제일 어린 데다 가장 먼저 시체를 목격했다.

현장에 도착한 안류지는 흙바닥에 침을 뱉는 인부들을 피해 공사장 가장자리로 빠르게 걸었다. 휴대폰을 쥐고 화를 내는 남자, 제자리를 뱅뱅 도는 남자, 퀭한 눈으로 허공을 보는 남자. 어딘가 부산하면서도 음울한 분위기였다.

"아니, 경찰도 왔고 얘기도 다 했는데 또 기다려요? 여기까지 와서 왜 이런 꼴을 봐야 하는데? 우리는 건진 사람도 아닌데요."

"형님, 그 팔찌 때문인가 봐요. 하, 미치겠네."

컬러 필드 바깥에서 온 인부들은 하나같이 지쳐 보였다. 부드럽고 다감한 인상의 컬러 필드 거주자들과 사뭇 다른 모습이었다. 파이프 더미에 가로막힌 안류지가 상공에 떠 있는 홀로그램을 쳐다봤다.

컬러 필드의 29번째 도시, 건진. 청년 창업 기금 880억 유치 성공!

건진시 외곽의 공사장에서도 잘 보이는 글자였다. 회사와 협력을 맺은 도시는 보통 이름 대신 컬러 필드로 불리곤 했기에 구름 위 건진이란 이름은 생경해 보였다. 인부가 말한 팔찌가 '뱅글'을 가리킨다는 사실도 마찬가지였다. 안류지는 유니폼 점퍼에 붙은 실밥을 떼어 낸 뒤 지퍼를 턱 끝까지 올렸다. 회사가 머리 꼭대기에서 자신을 내려다보는 것 같았다.

난데없는 급파였다. 리스크 관리 팀에서 모니터링 자료를 분석하던 안류지가 이런 사건에 발을 들인 건 입사 이래 처음이었다. 팀장은 건조한 투로 업무 내용을 전했다. 관할 경찰서의 협조를 구했으니 가서 사건의 자세한 정황을 파악해 오라고. 점심을 먹었으니 아메리카노 한 잔을 가져와 달라는 투였다. 군말 없이 가방을 들려는 순간, 팀장이 손을 휘젓자 안류지가 멈칫했다.

"잠깐만요. 그 라벤더색 남자, 뱅글러가 아니래요. 컬러 뱅글 실등록자가 아니라고. 그러니 말 나오지 않게 조심해 줘요. 사용자들이 알면 큰일 나니까."

팀장의 얼굴은 모니터에 가려져 보이지 않았지만, 그가 인상을 찌푸리고 있다는 사실은 쉽게 짐작할 수 있었다. 안류지가 몸담은 회사 컬러 필드는 죽은 남자가 컬러 뱅글을 찼다는 소식도, 그게 가짜라는 소식도 발 빠르게 입수했다. 그리고 죽은 사람을 간단히 라벤더색 남자로 불렀다. 안류지는 배에 힘을 주고 대답했다.

"그럼 고인께서 모조품을 샀다는 거네요."
"그렇죠. 골치 아프게도."

라벤더

아무리 단속을 강화해도 컬러 뱅글의 가품 비율은 2% 선에서 더 떨어지지 않았다. 제법 정교하게 만들어진 모조 뱅글은 연애 시장에서 인기를 더 얻으려는 자나 범죄 이력을 숨기려는 자들에게 고가로 판매되곤 했다. 뱅글 론칭 초기부터 고유의 기술력을 바탕으로 한 제품의 정확성과 신뢰도를 강조해 왔던 컬러 필드는 다른 대기업과 별반 다르지 않게, 죽은 사람보다는 실추될 수도 있는 회사 이미지에 신경을 더 곤두세우고 있었다. 가품이 암암리에 팔리고 있다는 말, 가품이 정품과 구별하기 어려울 정도로 정교하다는 말이 퍼지는 걸 어떻게든 막아야 했다. 팀장이 다가와 속삭였다.

"서에 협조 요청 다시 넣을게요. 상황 공유, 최대한으로 해 달라고. 류지 씨는 일 보고 현장에서 퇴근해요."

유리문 앞에 선 안류지는 고개를 돌려 팀원들을 훑어보았다. 함께 시신을 보고 경찰서에 동행해 줄 만큼 가까운 동료는 없었다. 가까운 동료가 없어 혼자 현장에 내던져지는 건지도 몰랐다.

"류지 씨는 진지해 보이는데 어딘가 겉과 속이 다른 것 같아요."
"그래서 뱅글 색도 그런가? '싫으면 싫다, 좋으면 좋다'가 왜 없어요?"
"가벼운 건 별로인가 봐요. 마음을 열고 더 솔직

해지면 편할 텐데요."

엘리베이터가 내려오길 기다리며 안류지는 어제 회식에서 들었던 말을 곱씹었다. 간밤엔 그 소리가 취한 사람들의 경솔한 훈수라고 생각했지만, 돌아볼 수록 아주 터무니없는 소리도 아니었다. 깊게 파고 들지 마. 맞는 말이라며 수긍하지 마. 안류지는 자신을 애써 다독여 봤지만, 기운이 조금도 나지 않았다.

있는 그대로, 당신의 색깔로 세상을 만나세요.

Everyone Loves You, You Love Everyone.

공사장 상공의 홀로그램은 어느새 회사 슬로건으로 바뀌어 있었다. 안류지는 바닥을 내려다보며 도리질했다. 죽은 사람의 뱅글이 진짜건, 가짜건 중요하지 않았다. 사전에 알린 파견이든, 급하게 알린 파견이든 팀의 결정에 토를 달 수도 없었다. 승진을 위해서는 그저 회사의 과묵한 심부름꾼이 되어야 했다. 인턴 시절을 함께 겪은 동기들은 이미 자신의 상급자가 된 지 오래였다.

몇 해 전, 입사 면접을 볼 때만 해도 안류지는 컬러 필드가 추구하는 기조와 방향에 온전히 동의했다. 누군가에게 이끌리는 마음이란 유한할 리 없었다. 혼자 좋아했던 사람의 숫자만 꼽아 봐도 당연한 이치였다. 결혼이 점점 사라지고 연인이 쉽게 바뀌는 세상에서, 한 사람을 오래 만나는 일은 거의 착

라벤더

오에 가깝다는 생각을 안류지 역시 하고 있었다. 새 기류를 거부하고 부정하는 사람들은 인간의 수명이 길어진 사회 안에서 내내 수세에 몰렸고, 회사의 입지는 나날이 튼튼해졌다. 한 번에 거둔 성과는 아니었다. 컬러 필드는 협력 시군구마다 주민들의 독립과 창업을 위한 지원금을 꾸준히 투입했다.

입사 초의 안류지는 자신도 얼마든지 다자 연애를 할 수 있는 사람이라고 생각했다. 드넓은 운동장을 누구보다 가뿐하고 자유롭게 가로지를 수 있을 거라 믿었다. 지금처럼 스탠드 구석에서 트랙을 도는 이들을 구경만 하게 될 줄은 몰랐다. 길을 잃은 게 아니었다. 길에 발붙일 각오를 했는데도 몸이 움직이지 않았다. 연애를 시도가 아닌 각오로 대하는 태도 자체가 이 오랜 공회전의 원인일지도 몰랐다.

경찰에게 사원증을 보여 준 안류지는 폐건물 뒤편으로 천천히 발을 뗐다. 얼굴을 보지 말고 손목을 보자. 가능한 손목만 보자. 안류지의 다짐은 몇 초도 안 돼 깨졌다. 눈을 크게도 떠 보고, 작게도 떠 봤지만 잘못 본 게 아니었다. 구덩이 속에 누워 있는 남자는 아는 사람이었다.

그는 안류지가 졸업한 대학의 인문학부 심리학과 교수였다. 안류지는 7년 전 교양수업 때 그의 강의를 들은 적이 있었다. 다른 교수들과 달리 군더더기 없이 깔끔한 화술을 구사해 신기했던 기억이 있었다. 그는 학생들에게 아무 기대가 없다는 듯 굴었고 그 건조한 태도 덕에 오히려 인기가 높았다. 당신들과 나 사이엔 분명한 격차가 있다는 표정, 흥미롭지 않은 말은 아예 못 들은 척하는 버릇, 티 나지 않게 유행을 따른 옷차림. 투명 인간 취급을 받으면서도 그 교수를 따르는 학부생은 이상할 정도로 많았다.

뒤로 물러서던 안류지가 몸의 중심을 잃고 비틀거렸다. 운동화 뒤축이 닿은 곳에 얕게 파인 웅덩이가 있었다. 자세를 바로 하자마자 휴대폰 알람음이 크게 울렸다. 오는 길에 확인하지 못했던 신규 등록자들의 데이터가 벌써 쌓여 있었다. 안류지는 시신에게서 등을 돌린 채 컬러 뱅글 모니터링 응답 기록을 읽어 내려갔다. 빠르게라도 확인하지 않으면 알람이 또 울릴 것이다. 새로 유입된 뱅글러들의 만족도는 언뜻 봐도 높았다.

- 컬러 뱅글을 찬 이후로 삶의 질이 훨씬 올라갔습니다. 번잡한 소모전 없이 전보다 더 나답게 살 수 있게 되었어요.

- 다 좋은데 색깔이 더 늘어나면 어떨까요. 250개 정도로는 부족하죠. 한 명 한 명의 취향이 얼마나 다양한데. 뱅글을 성년이 된 이후부터 사용할 수 있다는 규정도 다시 고려해 주시면 좋겠고요.

- 지난 연애가 꽤 길었죠. 5개월 좀 안 되게 사귀었는데 좋은 사람이었어요. 이제는 뱅글을 통해서

라벤더

인생 경험을 늘리고 싶어요. 그 사람보다 더 나은 사람을 꼭 만나게 되는 건 아니더라도.

매칭 서비스 기업 컬러 필드의 아이콘, 컬러 뱅글은 각자의 성적 페로몬에 따라 색을 드러내는 팔찌였다. 폭 38mm, 두께 0.25mm, 무게 6g. 친환경 소재로 만들어진 이 값비싼 기기는 컬러 필드와 협력 중인 전국 29개 시군구 거주자의 성인 73.1%가 착용했다. 해당 지역 주민 중 20대와 30대의 사용률은 86%에 달했다. 구매자들은 뱅글의 색을 기준으로 각자의 기호에 맞는 연인을 택했다.

매칭 과정과 결과는 매번 다채로웠다. 뱅글의 색은 날마다 조금씩 변했지만, 처음의 색에서 크게 벗어나지 않았다. 뱅글러들은 공공연히 손목을 드러내고 다녔다. 나의 색을 보여 주고 너의 색을 보겠다는 암묵적인 약속이었다. 사람들은 곁눈질로 서로의 색을 확인하고 상대에게 다가가 소소한 대화를 나눴다. 색약 환자, 저시력자, 시각장애인, 노년층 구매자들은 음성 안내와 함께 표면의 색상 대신 질감이 변하는 뱅글을 썼지만, 기본형 뱅글보다 고가여서 사용자는 적었다. 그래도 상품 전체 판매량에 비해 클레임 건수는 많지 않았다.

"뱅글 한번 보시겠어요?"

안류지는 경찰에게서 라벤더 뱅글이 담긴 비닐 지

퍼 백을 받아 들었다. 핏자국에 미간이 일그러지긴
했지만, 뱅글을 골똘히 살펴보니 팀장의 말대로 모
조품이 맞았다. 지퍼 백을 돌려받은 경찰이 말했다.

"망인(亡人)분 뱅글이 파스텔 계열 색인 걸 보니
까 착하셨을 것 같은데, 이런 변을 당하셔서 안타
깝네요."

안류지는 말없이 고개를 끄덕였다. 회사 역시 컬
러 뱅글에 대해 떠드는 사람들, 그들이 퍼뜨리는 말
을 그대로 뒀다. 사세를 키우는 데 필요한 거품을 굳
이 걷어 낼 이유가 없기 때문이었다. 컬러 필드가 매
칭 성공률, 커플 만족도 예상 수치를 '뱅글 단위'로
나타내는 BG 서비스를 제공하는 까닭도 마찬가지
였다. 경찰이 안류지에게 다시 말을 걸었다.

"이런 현장에서 말씀드리는 게 맞나 싶은데, 컬러
필드에서 일하는 분은 처음 봐서 신기해요. 제가
사실은 뱅글을 너무 좋아해서요."

안류지는 경찰을 보고 희미하게 웃었다. 미소를
보고 마음이 놓인 경찰이 손목을 내밀었다. 블러드
레드 뱅글이었다.

"제 인상이 만만해 보여서 그런가. 이거 차고 다
니기 전엔 진짜 별별 놈이 다 꼬였거든요. 뱅글 덕
에 숨통이 트였어요. 기 센 여자 무서워하는 애들
은 애초에 가까이 오질 않아요."

라벤더

가십과 달리 관계에서 우위를 점하는 색은 없었다. 중요한 건 색과 색 사이, 배색의 조화였다. 같이 SF를 읽고 앰비언트뮤직을 듣고 선댄스 수상 영화를 보는 연인이라 해도 뱅글 색은 비슷하지 않았다. 함께 코믹스를 읽고 J-POP을 듣고 블록버스터 영화를 보는 연인끼리도 뱅글 색이 겹치지 않았다. 서로 반드시 만나야 하는 색, 서로 절대 만나면 안 되는 색을 점치는 글이나 영상물은 온라인 공간에서 늘 새롭게 만들어졌지만, 본질은 변하지 않았다. 결국 어떤 색에도 어울리는 색이 있다는 것. 그때그때 가까이하고 싶은 색은 달라진다는 것.

다만 비슷한 계열의 색상끼리는 느긋하고 평화로운 관계를, 서로 대비되는 보색끼리는 격렬하고 전투적인 관계를 유지하는 경향이 있었다. 아침마다 산책로를 따라 걷는 커플은 라이트 그레이와 빈티지 그레이의 조합, 다른 사람들의 시선을 의식하지 않고 길에서 고래고래 싸우는 커플은 네온 옐로와 딥 퍼플의 조합인 식이었다.

컬러 필드가 세상에 막 잔뿌리를 내릴 시기엔 이 같은 페로몬 통신을 불신하는 목소리와 함께 컬러 뱅글을 사는 행위가 비자율적이라는 비판이 거셌다. 사람 대 사람이 아니라 색 대 색으로 맺은 관계에서 진정한 소통이 가능한지, 선호하는 색을 정말 주관적으로 선택한 건지 의심스럽다는 이들이 적지 않았다. 한낱 호르몬의 지령을 그대로 따르는 수동적인 자세가 점성술이나 사주팔자에 휘둘리는 것과 뭐가 다르냐는 말이었다. 그래도 사람들은 한번 찬 뱅글을 잘 빼지 않았다. 뱅글러들은 소통이나 진정성이란 단어에 진저리를 쳤다. 이 두 단어를 즐겨 쓰는 이들이야말로 연애를 성급히 망치곤 한다는 것이 그들의 생각이었다.

더욱이 기후 재난의 정점에 태어난 세대는 노후에 큰 관심이 없었다. 그들은 끝이 보이는 지구에서 한 사람 곁에만 머무르는 일이 매력적이지도 효율적이지도 않다고 여겼다. 피임 기술과 성 질환 치료가 비약적인 발전을 이룬 이곳에선 가능한 여러 사람과 삶을 꾸려 보는 것이 합리적인 자세였다. 지금 곁에 있는 사람이 다시 없을 짝이라 믿어 의심치 않는 운명론자들도 여전히 존재했지만, 젊은 층 다수에게 남은 인생을 단 한 사람과 보내려는 태도는 덥고 습하게 느껴졌다. 이별을 늘 묵직한 비극이나 해괴한 부조리극으로 만드는 것, 헤어진 연인을 철천지원수로 대하는 것도 전 세대의 구태의연한 관습이었다. 누군가와 헤어지는 일이 반드시 나쁜 일이어야 할 이유는 없었다. 사랑하는 연인이 가까운 지인으로 바뀌고, 살면서 그런 지인들이 늘어나는 것. 어떻게 봐도 그 흐름이 덜 작위적이었다.

일대일 독점 관계를 고수하는 이들과 뱅글러들

라벤더

사이에선 언제나 비슷한 논쟁이 잇따랐다. 토론 프로그램 출연 경험이 많은 뱅글러들은 정련된 말투로 상대 패널들을 설득했다.

"결혼의 역사라는 게 애초에 가문 사이의 계약으로 시작된 건 아시죠? 이후에 로맨스란 보조 발명 장치가 붙은 거고요. 그러니 결혼은 인간의 본성에 맞지 않아요."

본성을 야만이란 뜻으로 해석하는 안티 뱅글러는 자연 상태의 인간이 짐승과 다를 바가 있는지 물었다. 그러면 뱅글러는 눈썹을 높이 치켜올렸다가 답했다.

"언제까지 같은 얘기를 해야 할까요? 여러분께서 인간이 허약하고 결혼 제도가 허술하다는 걸 인정하지 않는 이상, 생산적인 논의를 더 이어 가기는 어려울 것 같은데요."

토론이 끝나면 일단 양쪽 패널들의 표정과 자세에 대한 평가가 쏟아졌다. 그 뒤로는 각 패널에게 공감하는 대중의 집단 토론이 이어졌다. 문명과 야만, 인위와 자연이란 개념은 막다른 길에서 내내 부딪히다 귀퉁이가 떨어져 나갔다. 두 집단은 대화의 어느 시점부터 단어의 뜻을 자의적으로 축소하고 확대하다 논쟁을 그르쳤다. 단어의 의미가 공유되지 않은 상황에서 덧붙는 외래어와 신조어도 논쟁을 어지럽혔다.

말이 헛도는 가장 큰 이유는 원시와 문명이 혼재된 뱅글의 속성 때문이었다. 다자 관계의 원시성, 디자인을 거친 다자 관계의 문명성. 논의를 좀 더 확장한 끝에 설계와 전략을 거친 본성은 본성이 아니라고 판단한 사람들은 뱅글 같은 걸 세상에 내놓은 컬러 필드를 신뢰하지 않았다. 설계와 전략을 통해서라도 본성을 안전하게 다루는 게 낫다고 여기는 사람들은 뱅글을 만들어 낸 컬러 필드와 협력 도시에 우호적이었다. 결국 상당수 뱅글러들에겐 강력한 공유 개념이 생겨났다. 됐다 그래. 인간이 뭐 그렇게 어려운 존재겠어. 겸허하게 색을 따르면 되지. 영원한 게 어디 있다고.

회사가 대폭 성장하기 시작한 때는 마치 인간의 출산 시점처럼 컬러 뱅글 출시 후 약 280일이 지난 뒤 찾아왔다. 프랑스계 미국 배우인 아르튀르 카렐과 한국 아이돌 서해가 한 패션쇼장에서 서로의 뱅글을 통해 연애를 시작한 것이 계기였다. 카렐은 잇따른 흥행작을 통해 세계적인 배우로 발돋움한 상태였고 서해는 인지도가 썩 높지 않은 아이돌그룹 멤버였기 때문에 둘의 교제 사실은 해외 유수의 언론에서 다뤄질 정도였다. 사업 초기부터 수많은 셀럽에게 컬러 뱅글을 뿌려 왔던 컬러 필드는 이 소식에 쾌재를 불렀다.

"연한 올리브색을 발견하고 바로 알 수 있었어요.

라벤더

서해가 저와 같은 방식으로 세상을 보는 사람이란 걸. 만나는 동안 제 직감은 확신으로 바뀌었죠."

"솔직히 말하자면 저는 뱅글을 유니크한 액세서리 정도로 여겼어요. 근데 뱅글이 카렐과 저를 이어 줬네요. 그러니 여러분, 데이트를 하려면 데이터를 보세요."

그들의 매칭 성공률, 커플 만족도 예상 수치는 무려 92BG였다. 동갑인 두 사람은 열애설을 부인하지 않고 SNS에 플로깅 중인 자신들의 모습을 올렸다. 해변의 쓰레기를 주우며 걷는 둘의 데이트 사진은 성장영화의 포스터처럼 눈부시게 풋풋했다. 얼마 지나지 않아 올리브 뱅글을 쓰는 이들이 크고 작은 환경 운동을 벌이기 시작했다. 컬러 필드는 이때를 놓치지 않고 대대적인 시스템 보완에 힘을 썼다. 같은 컬러 계열의 뱅글러들이 공익 차원의 그룹 미션을 설정해 완수할 경우, 컬러 필드 협력 시군구에서 컬러 페이 사용 시 적립금을 3%씩 쌓을 수 있도록 한 것이다. 쌓인 적립금으로 물건을 구매할 때는 뱅글에 30초간 글리터 효과가 나타나는 기능도 추가했다.

반짝이는 뱅글을 내보이기 위한 활동은 폭발적으로 늘어났다. 그린 컬러 그룹이 동물권 보장 캠페인을 시작하자 블루 컬러 그룹은 장애인의 접근이 용이한 건축물을 더 늘리자는 시위를 진행했다. 뒤이어 오렌지 컬러 그룹은 어린이 안전 교육 워크숍과 지역 청소년을 위한 도서 기부 모임을 조직했다. 다른 컬러 그룹도 경쟁하듯 각종 낭독회, 바자회, 나눔 행사를 이끌었다. 세상일에 무심해 보였던 젊은 세대는 이런 기회를 고대해 온 것처럼 선행을 이어 갔다. 사람들이 데이트용 컬러 뱅글을 통해 사회성과 이타성을 키워 나가는 동안 컬러 필드엔 전보다 더 진보적이고 혁신적인 이미지가 씌워졌다. 일각에선 뱅글 광풍을 간편한 그린 워싱, 케어 워싱이라 해석했다. 컬러 필드가 얄팍한 상술을 통해 고객들의 영웅심리를 이용한다는 비판도 일었다.

"좋은 일을 해서 뱅글이 더 예뻐지는 게 사회적인 문제라고요? 진짜요? 그걸 얄팍하다고 말한다면 저는 계속 얄팍할래요."

카렐과의 연애로 컬러 필드 모델이 된 서해가 한 인터뷰에서 내놓은 이 대답은 뱅글러들의 전폭적인 지지를 받았다. 그들은 도덕적 해이에 빠졌다는 2030 세대 비판론에도, '글러 먹은 뱅글러'라는 멸칭에도 아무런 타격을 받지 않았다. 카렐과 2개월 1주 만에 헤어진 서해가 세 살 연하의 발레리노에 이어 열 살 연상의 비혼모 엔지니어와 사귀는 동안 컬러 필드는 각종 후원 사업에 이름을 올렸고 서해와의 계약을 연장했다.

#위선도_선 #해_보고_말해 #입_닫고_지갑_열기

라벤더

#에메랄드그린_환경_순례길_대원_상시_모집_중

뱅글러들은 온라인 계정에 이러한 해시태그와 함께 자신의 뱅글 컬러, 그리고 반짝이는 뱅글 영상을 올렸다. 다자 연애를 사업의 구심점으로 둔 컬러 필드는 세간의 예상과 달리 사회 공헌에 앞장서는 기업으로 자리매김하면서 그해 정부 선정 최우수 기업이 되었다. 제주도, 전라도, 충청도의 몇몇 시군구와 협력을 맺고 있던 컬러 필드는 곧 서울, 경기, 인천 등의 수도권까지 사업 범위를 넓힐 수 있었다. 데이팅 어플과 매칭 시스템을 개발한 회사는 많았고, 기능만 따지면 더 월등한 기술을 보유한 곳들도 있었지만 한번 치솟은 뱅글 매출액은 떨어질 줄 몰랐다. 컬러 필드로 유입되는 인구, 컬러 뱅글 사용자수는 매년, 매달 늘어났다.

무엇보다 컬러 필드는 안전한 데이트를 폭넓게 즐기고 싶다는 사람들의 욕구를 처음부터 정확히 짚어 냈다. 컬러 뱅글은 일종의 안전 인증 표식 역할을 했다. 범죄 이력이 없어야 뱅글을 구매할 수 있기 때문이었다. 뱅글의 신변 보호 기능 또한 인기의 큰요소였다. 이 기능을 활성화해 두면 뱅글을 바디 캠으로 쓸 수 있고 긴급 신고와 위치추적도 가능했다. 여성 혐오 범죄가 들끓었던 10여 년 전에 비해 쾌적해진 세상이었지만 뱅글 소지자 중 여성의 상당수는 이 기능을 켜 두고 있었다. 모조 뱅글에는 이런 안전 장치가 없었다. 모조 뱅글에 달린 버튼 역시 모조일 뿐이었다. 죽은 교수가 가품을 차고 다녔다는 건 사건 조사가 길어질 수 있다는 뜻이었다. 다잉 메시지가 아예 남지 않아서였다.

"대충 정리된 것 같은데 이제 같이 가실까요?"

경찰이 안류지의 등을 살짝 두드렸다. 경찰차 뒷좌석에 탄 안류지는 옆자리의 인형 탈을 물끄러미 쳐다보았다. 경찰 모자를 쓴 마스코트 인형은 차 천장에 머리통이 짓눌린 채 익살스러운 미소를 짓고 있었다. 손을 꽤 탔는지 상아색 양 볼에 때가 많았다. 안류지는 아까 본 게 인형이나 귀신이었으면 좋았겠다고 생각했다. 하지만 그는 한때나마 분명히 알던 사람이었다.

경찰서 로비에 들어서자 한 여자가 소파에서 일어났다. 여자는 등을 꼿꼿이 펴고 맞은편 사람들을 둘러봤다.

"저 여자가 와이프라는데?"
"연락받자마자 왔다는데 어쩌냐. 아직 젊은데."

형사들이 중얼대는 동안 안류지는 입고 온 투피스를 매만지는 여자를 힐긋거렸다. 옷에 주름이 잡혔는지, 단추가 헐겁게 매달려 있는 건 아닌지 확인하는 것 같았다. 안류지가 목덜미를 긁었다. 처음엔 여자의 행동이 기이해 보였지만 그럴 수 있었다. 비극에 처한 사람들에게도 습관은 붙어 있으니까. 정

라벤더

확히는 매일의 평범한 일상 사이로 비극이 끼어드는 거니까. 정장에서 손을 뗀 여자가 문밖 어딘가를 보면서 말했다.

"제가 범인이에요."

목을 긁던 안류지의 손이 그대로 멈췄다. 형사 몇몇이 헛기침을 했다.

"남편이랑 그 새끼 애인까지 둘을 같이 죽이고 싶었는데 하나가 도망쳤어요. 발등을 돌로 내려찍었는데도 밤길로 금세 사라지더라고요."

로비는 곧 소란스러워졌다.

"저는 이제 어디로 가면 되죠?"

여자는 정말 조사실이라도 찾는 듯 주위를 두리번거렸다. 안류지는 여자의 손으로 시선을 옮겼다. 살이 거의 없는 손이 꼭 새끼 새처럼 보였다. 성인 남성을 죽이기엔 너무 작은 체구인데. 교수 옆에 있었다는 애인은 또 누구지. 여자의 말대로라면 현장엔 원래 세 사람이 있었다는 소리인가.

"컬러 필드에서 오신 분 맞죠? 조금만 기다려 주세요."

어수선한 로비에서 누군가 안류지에게 말을 걸었다. 그러자 여자가 안류지를 뚫어지게 쳐다봤다. 여자의 양팔을 지그시 잡은 사람들이 통로로 향하고,

나머지 사람들이 계단으로 올라간 뒤에야 안류지가 가슴에 손을 얹고 엉켰던 숨을 토해 냈다. 호흡이 진정되고 나니 로비가 바깥보다 더 춥게 느껴졌다. 안류지는 여자가 앉았던 소파로 걸어가 조심스럽게 그 자리를 쓸어 보았다. 그날 밤 벌어졌을 일을 머릿속으로 엮어 보려니 영 버거웠다. 상상 속 세 사람의 그림자는 정신없이 흔들리기만 했다.

"그 뱅글 얘기는 저랑 하시면 됩니다."

한참 후 로비로 나온 형사가 안류지에게 명함을 건넸다. 형사의 손목을 보고 있던 안류지도 급히 자신의 명함을 꺼냈다. 형사는 명함에 시선을 고정한 채 말했다.

"저는 머리가 지끈지끈해서 뱅글 못 차겠던데, 다들 참 부지런히 살아요. 아, 오해하지 마세요. 저는 뱅글 좋아하지도 싫어하지도 않습니다. 게다가 이번에 나온 건 가짜 뱅글이고."

목을 한 바퀴 돌린 그가 안류지 가까이로 다가왔다.

"공사장 건이 대기업이랑, 아니 안류지 선생님 쪽 컬러 필드와 얽혀 있어 골치가 좀 아파요. 상황 이해하시죠?"

형사는 말을 끊을 듯 말 듯 오래 이어 갔다.

"공사장 주변 CCTV 화소가 낮은 데다 주차된 차

량 블랙박스 저장 기간이 짧아서 영상 확인도 어려워요. 그래도 타살은 확실합니다. 입건하려면 물증이 나와야 하겠지만요. 뭐, 단순히 절차 문제죠. 저희가 사건을 따라갈 테니 안 선생님은 연락만 잘 받아 주세요."

정보를 마지못해 흘린다는 기색이었지만, 목소리는 어딘가 들떠 있었다. 외부인에게 기밀 사항을 누설하고 있다는 상황에 격앙된 걸지도 몰랐다. 형사와 헤어진 안류지는 경찰서를 빠져나오려다 텅 빈 팔각정을 발견했다. 나무들이 가지를 포개 만든 그늘은 어둡고 아늑해 보였다. 정자에 앉은 안류지는 떨리는 눈두덩이에 손바닥을 올렸다. 해가 아직 떠 있었지만, 오늘 하루가 1년처럼 길게 느껴졌다.

"잘 아시겠지만, 오늘 일은 회사 관계자 말고 외부에 전하시면 안 됩니다. 컬러 필드에서도 압력을 주지만, 아, 압력 때문이라기보다 서로 입단속을 잘해야겠지만 그 부부가 재직했던 대학교에서도 벌써 공문을 보내왔어요. 비공개 수사를 확약해 달라고. 가해자와 피해자가 둘 다 거기 교수다보니 민감한 것도 이해가 가긴 해요."

교수의 사망 추정 시기는 두 달 전인 11월 중순으로 극심한 한파 때문에 부패가 지연된 상태였다. 안류지는 형사가 전한 여자의 진술 내용을 머릿속으로 되새겼다.

여자는 교수 임용 전까지 오랫동안 남편의 학부 조교였다고 했다. 조사실에서 여자는 남편이 양성 애자이며 그와 함께 있던 애인이 피부가 희고 왜소한 체격의 남자였다고 밝혔다. 성별을 가리지 않고 누구든 닥치는 대로 만나는 남편 때문에 평소 고충이 심했고, 누워 있는 두 사람을 본 순간 분노 조절을 할 수 없었다고.

"그 여자 정신병력 조사랑 마약 간이 검사도 해 봐야 할 것 같아요. 사람이 멀쩡해 보여도 속은 모른다니까요."

팔각정 바닥에 누우려던 안류지가 몸을 일으켰다. 그래, 아직 모르는 일이야. 차라리 직접 만나 보고 돌아가자. 그러면 마음이 놓일 수도 있어.

콧등을 긁던 형사는 컬러 필드의 협조 요청문과 안류지를 번갈아 쳐다봤다. 얼마 후 다른 형사가 다가와 여자가 면담을 수락했다고 귀띔했다.

"근데 직원분 혼자 들어와야 한다네요."

조사실에 들어선 안류지는 여자 교수 맞은편의 의자를 소리 나지 않게 빼냈다. 진술을 마쳐서인지 여자는 로비에서 봤을 때보다 나른해 보였다.

"아까 자백하신 내용이 사실인가요? 불편하시면 대답하지 않으셔도 돼요."
"네. 맞아요. 제가 범인은 맞는데요."

라벤더

"맞는데요?"

안류지가 여자의 뒷말을 따라 했다.

"남편을 언제 어디서 죽였는지 기억이 나진 않아요. 꿈에서 죽였는지, 실제로 죽였는지 헷갈려요."

아까까지는 지난 늦가을 밤, 공사장에서 남편을 죽였다고 했던 여자가 말을 바꿨다. 타살이 확실하다던 형사는 아무래도 긴 조사를 해야 할 것 같았다.

"남편이 한번 컬러 뱅글을 차면 원래 집에 잘 들어오지 않았거든요. 예전엔 밖에서 대체 누굴 만나는지 확인하려고 따라가 보기도 했는데, 다 부질없었지. 그냥 안 보여도 어디 잘 있겠거니 했어요."

남자 교수가 뱅글을 때때로 찼다는 말은, 모조 뱅글의 색이 하나 이상이라는 뜻일까. 그럼 외출 때마다 다른 색을 골라 찼을까.

"실례지만 그 컬러 뱅글은 모조품이었는데요. 혹시 남편분이 갖고 계신 뱅글이 많았나요?"
"저기요. 뱅글 따위는 써 본 적 없지만, 저도 그게 가짜란 건 알아요."

안류지가 뱅글에 관한 질문을 더 꺼내려는 순간, 여자의 입꼬리 한쪽이 높이 올라갔다.

"근데 경찰서에서 연락이 와서 알았어요. 내가 진짜 그랬구나. 내가 한 짓이 맞았구나."

여자는 안류지의 유니폼과 사원증을 보고 히죽 웃었다.

"아니다. 범인은 넌데?"

여자가 안류지 쪽으로 책상을 밀치며 소리쳤다.

"범인은 너희잖아. 너희가 망쳤잖아. 누가 뱅글 같은 걸 만들래?"

의자에서 미처 일어나지 못한 안류지는 책상에 배가 눌리는데도 숨소리조차 낼 수 없었다. 조사실 창 너머로 상황을 보고 있던 형사 둘이 뛰어 들어왔다.

"뭐? 불편하시면 대답하지 않으셔도 돼요? 웃기고 있네. 컬러 필드에서 왜 날 보러 왔는데? 무슨 구경이 났다고?"

형사들은 악을 쓰는 여자를 붙잡은 뒤 안류지에게 어서 나가라는 턱짓을 했다. 조사실을 빠져나온 안류지는 여자가 범인일 리 없다고 생각했다. 뒤따라 나온 형사가 재빨리 말했다.

"아, 저 여자 우울증이 있다고 했는데, 미처 말씀을 못 드렸네요. 아무튼 오늘 일은 잘 함구해 주시길 부탁드려요. 수사 중인 사건이니까."

안류지는 형사를 향해 고개를 숙인 뒤 복도를 돌아 나왔다. 시체가 발견되자마자 경찰서에 제 발로 찾아온 용의자, 우울증과 분노 조절 장애가 있는 배

라벤더

우자만큼 적당한 피의자가 세상 어디에 또 있을까. 경찰서 입구에 선 안류지가 눈앞의 건물들을 이리저리 쏘아보았다. 진범은 바깥에 있다. 여자는 맞지 않는 퍼즐 판에 스스로 몸을 욱여넣었다. 언뜻 보기엔 그림이 완성된 것 같아도, 자세히 보면 조각 귀퉁이가 우그러져 있을 것이다.

베이지 우드

엘리베이터에 들어선 안류지는 잠깐 머뭇거리다 옥상 층 버튼을 눌렀다. 집에 들어가자마자 침대 위로 쓰러지고 싶었지만, 휴대폰 너머 백환의 들뜬 목소리가 귓가를 맴돌았기 때문이다.

"늦지 말고 꼭 와. 오랜만의 데이트니까."

루프톱엔 이미 많은 입주자가 모여 있었다. 매달 열리는 영화 상영회, '무비 나이트'에 참석한 이들이었다. 백환이 손을 흔들었다. 백환 손목의 베이지 우드 뱅글은 살색과 비슷해 멀리서 보면 도드라지지 않았다. 두 사람은 캔 맥주, 팝콘, 담요를 받아 들고 자리를 잡았다.

정부에서는 컬러 필드 주민들을 위한 교류 촉진 프로그램을 지원하고 있었다. 이런 식의 사교 활동에 지속적으로 참여해야 컬러 하우스 거주 연장에 유리했다. 독서, 공예, 탐조(探鳥), 러닝, 캠핑 등 동호회 종류는 여럿이었다. 안류지는 그나마 편해 보이는 영화 모임에 가입한 상태였다. 극장 데이트를 하는 대신 이 모임에 참석하면 티켓비와 간식비를 안 써도, 입을 다물고 있어도 괜찮았으니까.

컬러 하우스 대단지는 입주민 감시 시스템이 철저한 곳은 아니었고 적어도 표면상으로는 자유로운 동거를 권장했다. 전 연인 그리고 새 연인과 함께 사는 사람, 다자 관계 속에서 입양 아동을 기르는 사람 등 가구 구성원이 서넛 이상인 집도 꽤 있었다. 연인의 수에 따라 자신을 트리플, 쿼드러플 뱅글러로 소개하는 이들 앞에서 안류지는 뭔가를 되묻는 법이 없었다. 대화를 이어 가기 껄끄러웠다. 이 주택촌 입주민에게는 국가에서 저금리 대출 혜택과 일정액의 주거비를 제공했고 컬러 필드 사원이자 재산이 적은 안류지는 회사의 보조금을 받아 이곳에서 지냈다. 백환과 함께 2년 가까이. 컬러 하우스 주민의 평균 연애 기간인 세 달보다 훨씬 긴 기간이었다.

백환과 안류지에겐 다른 연애 계획도, 2세에 대한 계획도 없었다. 둘은 별일 없이 미지근한 연애가 친숙했다. 주변에서 아직도 그 사람과 사귀냐고 물으면 몇 가지 답을 돌려 가며 썼다. 일이 바빠서, 사귀고 있어도 잘 못 봐서, 지금은 눈에 들어오는 색이 없어서. 이렇게 대답하지 않으면 사람들이 의아한 표정으로 되묻기 일쑤였다. 지루한 적이 없냐고, 서로가 그렇게 좋냐고, 오래 사귈 거면 컬러 필드에서 지내는 게 무슨 의미가 있냐고. 이대로 충분하다는 답을 해 본 적 없는 안류지는 백환과의 연애가 어딘가 늘 불안정하게 느껴졌다.

설거지와 청소를 은근히 미루는 버릇. 의견이 부딪힐 때 체념한 듯 고개를 가로젓는 습관. 그냥 해 본 소리라지만 언젠가는 아버지와 같이 살고 싶다는 말. 처음엔 백환의 낯선 모습에 놀랐지만, 돌아보면 그밖에 심각한 문제는 없었다. 만족할 정도는 아니어도 평평하고 완만한 나날이었다. 나쁘진 않았다. 적응하고 견디며 맞출 수 있었다. 누군가를 좋아할 수 있는 건 그 사람과의 끝이 보여서일까, 보이지 않아서일까. 안류지는 백환과의 관계를 늘 임시적이라고 여기는 게 남들인지, 자신인지 종종 헷갈리곤 했다.

백환은 입주민들과 태평하게 떠들었다. 그의 시시껄렁한 말에 손뼉을 쉴 새 없이 치는 주민도 있었다. 사람들 속에 있어서 그런가. 집에서 보던 백환의 표정은 단조로웠는데 여기서는 다채로웠다. 안류지는 맥주를 급히 마셨다. 아기자기한 전구가 걸려 있고 대형 난로 넉 대가 놓인 루프톱은 밝고 따듯했지만, 이 자리는 피로할 뿐이었다. 사건 현장에 있

베이지 우드

다 온 자신과 영화를 기다리는 사람들 사이엔 깊이 2000m 정도의 크레바스가 있는 것 같았다. 안류지는 담요를 배 쪽으로 더 끌어당겼다.

교류 촉진, 사교 활동. 말이야 번듯했다. 하지만 이런 시도는 결국 정부가 컬러 필드를 활용해 내놓은 출생률 저하 대책의 일환일 뿐이었다. 인구 감소 문제를 전면 해결하기 위해 고안한 방책. 다시 말해 비슷한 색 뱅글을 찬 사람끼리 어울려 살아 무지개 꼴의 단지를 구성하고 있는 컬러 하우스 거주자들은 가족을 이룬 뒤 임신과 출산으로 이어지는 경로를 따를 확률이 높기에 국가가 이 확률이 더 높아지도록 도움을 주는 것이다. 국가는 전과 같이 기혼 가족을 방안의 중심으로 두지 않고 방향을 틀었다. 어떤 식으로든 인간이 태어날 수 있기만 하면 된다. 그러면 출산부터 보육까지 돕겠다. 하지만 아이를 기르는 컬러 하우스 여자들은 비혼이든 기혼이든 이런 모임에 얼굴을 잘 비추지 않았다.

조명이 꺼지자 사람들의 말소리도 잦아들었다. 안류지는 영화를 보는 대신 영화를 보는 입주민들의 뒤통수를 멍하게 쳐다봤다. 대략 20대 후반에서 30대 초반. 자신과 같은 또래의 여성들은 컬러 하우스에서 사는 일을 특혜로 여길까, 부담으로 여길까. 연애관이 확실할까, 불확실할까. 모든 게 궁금했지만 동시에 무엇도 궁금하지 않았다. 안류지는 자신이 컬러 필드에 다니는 29세의 가임기 여성이기 때문에 여기 들어올 수 있었다는 사실을 알고 있었다. 백환의 뱅글 색이 자신의 색과 같은 계열이 아니었는데도 가산점을 받은 것이다. 자세한 내막을 안다면 여기 모인 사람들이 자신을 가까운 이웃으로 여길 리 없었다. 그나마 이웃이 자꾸 바뀌고, 자신과 백환의 뱅글 색이 눈에 띄지 않아 다행이었다. 안류지는 뱅글이 없는 쪽의 팔을 올려 굳은 어깨를 주물렀다. 그러고는 바닥에 내려 둔 캔을 흔들어 봤지만, 남은 맥주가 없었다.

오래된 로맨스 영화의 엔딩은 여자와 남자의 재회로 끝났다. 몇몇 입주민들이 감상 평을 내놓기 시작했다.

"음악은 좋았는데, 내용이 아쉬워요. 결혼과 불행을 동일시해야 나올 수 있는 유치한 농담이 꽤 많았어요."
"예전엔 그런 기혼자 농담이 흔했잖아요. 영화 기조도 그래서 좀 어정쩡한 게 아닐까요? 아니, 불륜을 그렇게 미화하다가 갑자기 혐오하는 척하면서 끝내면 어떡해."
"웃기지 않아요? 끔찍한 짓이라고 부들거리면서, 눈빛은 왜 그렇게 신났는지."
"물론 저 시대도 이해할 수 있어요. 그때는 여러

베이지 우드

상대와 내밀한 감정을 공유한다는 걸 환상으로 여겼을 수 있으니까요. 어쩌면 공포였을지도요. 사실 우리가 하듯이 자기 감정을 안팎으로 샅샅이 들여다보면서 성찰하고, 에너지를 들여 대화한다는 건 보통 일이 아니잖아요."

뜬금없는 자화자찬 뒤로 정적이 이어졌다. 사람들이 자기 말에 감화되었다고 착각한 입주민이 다시 말했다.

"그러니까 저 시절에 비독점 관계를 실천하던 선각자들은 얼마나 외로웠을까요? 가시밭길에서도 단단한 자세로 아득히 먼 곳을 바라보기란 정말 어려웠을 텐데."

침묵을 견디지 못한 누군가가 캐릭터의 행동이 답답했다고 말했다. 누군가는 캐릭터의 행동이 안쓰럽다고 말했다.

결혼과 독점 연애가 저물어 가는 시대, 다자 연애 과도기. 컬러 필드에서 지낸다는 것은 광포한 혼란과 자유를 함께 겪어 보기로 결심했다는 뜻이었다. 사랑의 속성에서 소유욕을 제거하고 싶어 하는 이들은 이제 소수가 아니었고, 변명과 궤변과 세뇌에 능한 사기꾼 무리도 아니었다. 컬러 필드 사람들이 섹스 중독자들일 거란 편견과 달리 성관계를 전혀 하지 않는 커플도 꽤 있었다.

우리는 0과 1로만 정의되는 관계를 해체해 재조립하고 싶습니다. 0과 1 사이에 있는 무수한 소수의 세계에 더 매료되고 싶습니다. 우리에겐 더 많은 길이 있어요. 가지 않은 길, 있는지도 몰랐던 길이.

뱅글러들 사이에서 영성 모임을 이끌던 호주 교포가 펴낸 책《길 너머: Beyond the road》는 출간 초기, 요설과 망상에 불과하다는 비판을 받았지만 이제 스테디셀러가 된 지 오래였다. 불과 한 세대 전까지 통용되던 관계의 개념이 빠르게 쇠퇴하고 있었다. 하지만 이런 환경에서도 질문은 끊이지 않았다. 각자의 교제에 관한 합리화와 미화도 마찬가지였다. 겉으로는 모든 게 열려 있었지만 그렇다고 안이 훤히 보이진 않았다. 평정심을 지키는 일이란 짐작보다 고단했기 때문이다. 시시때때로 요동치는 마음은 명상, 참선, 마인드 컨트롤 수련법으로도 잔잔해지지 않았다. 뉴에이지 음악을 들어도 아로마 테라피를 받아도 마찬가지였다. 컬러 필드의 경계를 기준으로 나뉘어 사는 사람들의 신념은 거주 구역에 상관없이 옅어졌다 진해지길 반복했다.

발등을 내려다보던 안류지가 서둘러 신발을 털었다. 공사장에서 묻은 흙이 운동화 옆면에 붙어 있었다.

"뭐 해? 안 가?"

안류지가 고개를 들었다. 하품을 참던 백환이 곧

목젖이 보일 만큼 입을 크게 벌렸다. 아무리 봐도 오랜만의 데이트를 기다리던 연인의 모습이라고 생각하긴 어려웠다.

루프톱 출입구 앞에서 물품을 정리하던 여자가 백환과 안류지를 보고 인사했다. 두 사람 다 처음 보는 여자였다. 입주한 지 얼마 안 돼 무비 나이트 운영진으로 활동하는 걸 보면 새 이웃은 성실하고 열정적인 성격인 듯했다. 손목엔 밀키 핑크 뱅글이 채워져 있었다.

"두 분은 영화 어떻게 보셨어요?"

안류지는 어깨를 으쓱였다. 건성건성 봤다고 답할 순 없었다. 화제를 바꿔 밀키 핑크는 귀여워 보이는 색이지만, 사용자들의 기질은 누구보다 주도적이라는 말을 하는 것도 느닷없을 듯했다. 뜸을 들이던 백환이 답했다.

"좀 기이했죠. 그렇게 옛날도 아닌데, 옛날이야기 같았어요."

여자는 그의 답이 흡족하다는 듯 눈을 천천히 껌벅였다. 안류지는 여자의 인상이 자신과 정반대라고 생각했다. 이 사람은 이목구비가 오밀조밀하고 풋풋한 미소를 자주 지을 줄 알았다.

"맞아요. 정말 이상한 시대였죠? 다들 고통 밖으로 나가지 않은 채 고통 안에서 위로를 주고받았으니까요."

안류지는 컬러 필드에 사는 사람들이 과연 이상한 시대를 건너왔는지 의심스러웠다. 고통 밖으로 무사히 탈주했는지 궁금했다. 다들 정말 무게중심을 잘 찾은 게 맞나. 거칠고 황량한 감정의 골짜기로 굴러떨어진 사람은 없나.

"그러니까요. 아까 주인공 친구가 주변에 험담하는 거 보셨죠? 남편에 애인까지 생긴 게 부러워서. 참 나, 그게 무슨 대수라고."

손을 휘저으며 말하던 백환이 바닥에 팝콘을 떨어뜨렸다. 안류지는 흩어진 팝콘을 줍는 백환을 내려다봤다. 붉은 귓불은 맥주 탓일 것이다. 아니면 웅크린 자세 탓일지도 몰랐다. 안류지는 연애에 대해 짐짓 허세를 부리는 백환이 우스웠다. 그게 무슨 대수라고? 아랫입술을 깨문 안류지가 숨을 가늘게 내뱉었다. 검푸르고 끈끈한 기분이 발목에서부터 빠르게 올라왔다. 이런 심정은 언제나 전신을 세세히, 강하게 옭아맸다. 그래, 머리뿐이었다. 머리로만 다자 관계를 수긍했을 뿐 실제로는 엄두가 나지 않았다. 회사 동료들부터 이웃들까지 모두 자유롭게 다른 사람과의 연애 가능성을 타진했지만, 자신과 백환은 여전히 같은 자리에 있었다. 안류지가 테이블 위의 캔 맥주를 하나 더 챙겨 들고 말했다.

베이지 우드

"안 가? 아깐 가자며?"

백환은 대답 없이 안류지의 손을 쳐다보고 있었다.

"맥주 여기 둬. 하나씩만 주신 건데."

"아, 남은 건 갖고 가셔도 돼요."

여자의 말에도 백환은 안류지가 든 캔을 낚아채 제자리에 뒀다. 이번엔 안류지의 귓불이 붉어졌다. 현관문을 연 안류지는 소파에 바로 누웠다. 낮의 공사장, 오후의 경찰서, 밤의 루프톱. 백환에게 하고 싶은 말이 입 밖으로 쏟아질 것 같았지만 그보다 먼저 잠이 쏟아졌다. 오늘 내가 뭘 봤는지 알아? 어딜 다녀왔는지 알아? 지금 어떤 기분인지 알아? 눈을 감은 안류지는 백환에게 다짜고짜 이렇게 묻지 않은 걸 다행이라 여겼다.

공사장 변사체 사건의 범인으로 유력한 사람은 피해자의 아내로, 수년간 우울증을 앓고 있다는 소식이 보도되었다. 수사 팀은 용의자인 배우자의 자백에 상당한 신빙성이 있으며 이를 토대로 현장 증거 감식을 더 진행할 예정이라고 발표했다. 컬러 필드와 관계없는 심신미약자의 범죄. 그도 아니면 부부간에 흔한 치정과 원한으로 빚어진 파국. 그러니 자연재해처럼 어쩔 수 없는 일. 사건은 짧은 서사 안에서 요철 없이 종결되어 가는 듯했다. 하지만 당사자들이 교수 부부라는 사실이 금세 드러나면서 사건에 대한 관심은 재점화되었다. 게다가 여자는 유능한 교수였는지, 사람들의 이목을 집중시키는 방법을 잘 알았다. 여자의 언변과 행동은 확실히 주의를 끄는 데가 있었다.

"맞아요. 저는 죄인입니다. 하지만 다자 관계를 동력으로 삼아 굴러가는 대기업 컬러 필드도 저 못지않게 죄를 짓고 있어요."

경찰서 포토 라인에 선 여자는 순식간에 브래지어를 옷 밖으로 빼냈다. 그러고는 컵 안쪽에 숨겨 뒀던 물건을 내던졌다. 여자가 던진 건 남편이 소지하고 있던 여분의 컬러 뱅글이었다. 바닥에 떨어진 뱅글 네 개는 모두 라벤더색이었다.

"제 쓰레기 남편은요. 이 가짜 팔찌들을 차고 다니면서 더 쓰레기 같은 새끼가 됐어요."

여자의 돌발 행동에 경찰들이 우왕좌왕했다.

"이건 바디 캠도 없고 위치 추적도 안 되는데. 제가 자수해서 정말 다행이죠?"

여자가 죽은 남편, 경찰 조직, 컬러 필드 모두에게 타격을 준 이날의 소동으로 회사 안팎은 시끄러워졌다. 피해자가 뱅글 실등록자가 아니었다는 사실, 모조 뱅글이 버젓이 팔리고 있다는 사실을 처음 알게 된 뱅글러들은 흥분과 실망을 감추지 못했다. 가품 관리를 왜 제대로 하지 않았냐, 정품 역시 결함이

베이지 우드

있는 게 아니냐는 문의가 넘쳐 났다. 죽은 남자가 갖고 있던 뱅글이 모조리 라벤더색이라는 것도 문제였다. 이 색은 보통 다정하고 유순한 성적 기질을 가진 사람들의 표식으로 알려져 있었기 때문이다. 회사 홈페이지와 상담 창구로 같은 색 뱅글러들의 항의가 빗발쳤다. 라벤더 뱅글을 찬 사람들은 각종 커뮤니티를 통해 자신들이 느끼는 불안과 공포를 호소했다. 가품이 유통되고 있다는 사실을 감추려던 컬러 필드는 태세를 전환해 가품 시장을 엄중히 단속하겠다고 밝혔다. 하지만 더 이상의 피해는 없을 거란 답변에 바로 잠잠해지는 이들은 드물었다.

컬러 필드 자체가 만악의 근원이라는 여론도 다시금 일고 있었다. 문제를 제기하는 쪽은 주로 종교 협회와 보수 단체로 회사는 이들과 컬러 뱅글 론칭 시기부터 숱한 갈등을 겪은 바 있었다. 컬러 필드는 이들의 비판에 무시로 일관했고 명확한 대응을 하지 않았다. 설명이나 설득이 전혀 통하지 않는 집단이란 사실을 이미 체감한 탓이었다. 하지만 이번엔 전국의 기혼자 연대, 웨딩 산업 관련 업체, 컬러 필드와의 협력을 거부한 지자체까지 합세해 말을 보탰다. 다자 관계를 관계의 한 형태로 절대 수용하지 않는 사람들은 이런 사건을 기다렸다는 듯 컬러 필드와 그곳의 거주민들을 헐뜯었다.

"괜찮아요. 류지 씨 잘못이 아니니까. 그 여자가

갑자기 모조품을 내던진 거잖아요."

팀장이 비타민 음료를 건네며 위로했다. 안류지는 엉거주춤한 자세로 캔을 받아 들었다.

"왜 그렇게 주눅이 들어 있어요? 하긴 현장까지 갔으니 머릿속이 계속 뒤숭숭하겠어요. 어쨌든 같이 잘 막아 내면 되죠. 그게 우리 일인데."

딱히 주눅 든 적이 없었던 안류지는 팀장과 팀원들이 자신을 걱정하도록 내버려 두었다. 이제야 '우리' 같은 단어를 들먹이는 걸 보면 어차피 형식적인 말이었다. 안류지에겐 회사의 안위보다 더 중요한 문제가 있었다.

"그래도 빨리 수습해야겠죠? 같이 하긴 해도 이번 일 책임자는 류지 씨니까."

팀장의 마지막 말에 안류지가 움찔했다. 발가락 사이로 젖은 흙이 끼는 느낌이 들었다. 왜 석연치 않은 기분이 드는지 알고는 있었다. 여자가 범인이 아닐 거라는 말을 누구에게도 꺼낼 수 없어서였다. 경찰서나 회사나 그런 골치 아픈 헛소리엔 꿈쩍도 하지 않을 것이다. 그 판단의 기저엔 직감만 있을 뿐 아직 아무 근거가 없었다. 결국 혼자 떠안은 일이었다. 그것도 조용히, 서둘러 해결해야 하는.

퇴근길, 마트 입구에서 백환을 기다리던 안류지

베이지 우드

는 대로 한복판의 조형물을 쳐다봤다. 컬러 뱅글을 형상화한 링이었다. 여러 개의 링 안에선 홀로그램으로 재생되는 컬러 필드 광고가 나왔다. 회사 밖에서는 처음 보지만, 회사 안에서는 자주 본 영상이었다. 줄거리는 명료했다. 한 남자의 일대기. 수많은 사람이 그에게 입을 맞추는 장면. 노년의 남자가 죽기 전 그들을 떠올리며 다시 소년으로 돌아가는 결말. 회사에선 왜 못 느꼈을까. 어딘가 진저리가 나는 짜임새였다. 눈을 감은 남자의 머리 위로 두 줄의 슬로건이 놓이며 광고가 끝났다.

있는 그대로, 당신의 색깔로 세상을 만나세요.

Everyone Loves You, You Love Everyone.

안류지는 문구를 노려봤다. 어떻게 한 사람이 수없이 많은 사람을 사귀어. 사람이 어떻게 매일 새롭고 행복해. 광고는 남자의 분열과 착란을 조금도 비추지 않았다. 관계의 그늘과 웅덩이를 휙휙 건너뛰었다. 애초에 그런 것이 광고라 해도, 영상은 너무 매끄러워 수상쩍었다.

하지만 가능성과 변화를 기대하는 사람들은 컬러 필드가 제공하는 서비스에 아낌없이 돈을 썼다. 가능성과 변화를 놓칠까 봐 두려운 사람들도 컬러 필드가 제공하는 서비스에 아낌없이 돈을 썼다. 매일 더 자유로워질 수 있다는 메시지는 감미로웠다. 언제든, 얼마든지 새로워질 수 있다는 소리는 솔깃했다. 컬러 필드는 컬러 하우스를 비롯해 카페, 펍, 파인 다이닝, 헬스장, 호텔, 각종 동호회의 온오프라인 플랫폼 등 도심에서 페로몬 노출을 극대화할 수 있는 거의 모든 장소를 운영했다. 돈을 내보낼수록 돈이 몰려왔다. 여자 교수의 난동은 얼마 안 가 잊힐 것이다. 뱅글에 길들여진 사람들은 뱅글을 결코 빼지 않을 것이다.

마트 맞은편 컬러 하우스 정문 주변의 가로등이 일제히 켜졌다. 안류지는 대단지 입구의 옐로우 타운 일대를 눈에 담았다. 귓갓길마다 별생각 없이 봤던 노란색이 오늘따라 지긋지긋했다. 옐로우 타운 그리고 마트 간판 위에서 쏟아져 나오는 할로겐 불빛.

안류지는 자신의 인색한 성미가, 백환과의 나날이 눈앞의 노란색과 비슷하다고 생각했다. 컬러 필드에 다니면서도 오랜 연애에 자족하는 아이러니가 어쩔 수 없이 씁쓸하기만 했다. 안류지는 백환과의 풋풋했던 첫 만남과 연애 초를 떠올렸다. 하지만 그 시절은 너무 옛날 같았다. 백환과 있으면 편하지만 아쉬웠다. 백환 말고 다른 사람이 궁금하긴 했지만 그와의 교제가 2년이 다 되어 가는 지금, 다른 관계를 상상하는 일이란 가당치도 않게 느껴졌다. 이제껏 자신 쪽에서 먼저 다가간 사람은 없었다. 오면 오는 대로, 가면 가는 대로. 안류지는 어떤 신조가 있다고는 볼 수 없는 자신의 연애 방식을 떠올렸다. 그날 학교에서 조퇴하지 않았다면 인생이 조금쯤 달라졌을까. 그날 본 걸 잊을 수 있었다면 여행이나 모험을 겁내지 않는 사람이 되었을까.

멀리 있던 행인이 손을 들었다. 안류지는 그 남자가 백환이라는 사실이 낯설었다. 백환은 얼굴을 잔뜩 구기고 있었다. 추워서 인상을 쓴 거겠지. 발등이 아직 불편한가. 아니면 그저 외출이 귀찮았던 걸까. 안류지는 자신 앞으로 다가온 백환의 눈을 마주 보지 못했다. 그 역시 권태를 느끼지만, 자신처럼 신호를 무시할 뿐인지도 모른다. 마음이 변했다는 말을 입 밖으로 먼저 꺼내지 않겠다고 다짐했을 수도 있다. 루프톱에서 백환은 분명히 상기되어 있었다. 게다가 백환의 베이지 우드 뱅글과 여자의 밀키 핑크 뱅글은 지나치게 잘 어울렸다. 96BG. 상위 5% 안에 드는 조화로운 배색이었다. 소담스러운 벚꽃나무 한 그루가 떠오를 만큼. 순식간에 백환 위에 올라탄 여자를 상상하던 안류지는 일부러 그의 팔을 세게 끌어당겼다.

"너 병원 좀 가라니까. 아무래도 걷는 게 이상해."
"걱정 마. 아무렇지 않아."
"같이 가자는데도 왜 말을 안 들어."
"다 나았어. 신경 안 써도 돼."

마트에서 장을 보는 동안 안류지는 통로에 여러 번 멈춰 섰다. 퇴근 후에도 회사의 연락이 끊이지 않았다. 여자 교수가 벌인 퍼포먼스의 반향 때문이었다. 안류지와 백환 사이의 거리는 물건을 고르는 이들과 그들이 밀고 들어오는 카트 때문에 내내 벌어졌다. 안류지는 냉동 만두 코너에 있는 백환을 뒤늦게 찾아냈다. 꽤 지쳐 보이는 자세였다. 백환 눈에는 요즘의 자신도 그렇게 보일 것이다. 아무래도 회사가 떠안긴 일을 간단히 알려 주는 편이 좋을 것 같았다. 경찰서에서 보고 들은 얘기는 깨끗이 들어낼 수 있었다.

"너 데이터 분석만 하지 않았어? 그렇게 심란한 일은 거절하지, 현장까지 왜 갔어? 그 회사 꼭 다녀야 해?"

백환이 걱정스러운 얼굴로 질문을 쏟아 냈다. 안류지는 그의 염려에 너스레를 떨었다.

"리스크 관리 팀이 리스크에서 손을 떼면 되겠니? 승진할 때까지 버텨야지. 참을 인, 참을 인, 참을 인. 손바닥에 계속 쓰면 돼. 너랑 컬러 하우스 탈출할 때까지, 칙칙한 회색 건물로 이사 갈 때까지 꾹 참을 거야."

밝게 웃어 보인 안류지가 1+1, 2+1 세일 상품들을 집어 카트에 차곡차곡 담았다. 카트 안을 들여다보던 백환이 언짢은 기색을 숨기지 않고 말했다.

"이 숙주 도로 갖다 두면 안 돼? 벌써 변색됐잖아."

베이지 우드

"자주 사던 건데 왜. 집에 가서 바로 볶으면 돼."

"류지야. 이러지 말고 진짜 사고 싶은 걸 사."

"너나 병원비 아끼지 마."

백환은 대꾸 없이 카트를 밀고 앞서 나갔다. 안류지는 백환을 따라잡는 대신 그의 뒷모습을 유심히 지켜봤다. 아까보단 덜했지만, 그는 여전히 한쪽 발을 살짝 끌듯이 걸었다.

"뭘 그렇게 봐?"

백환의 물음에 안류지가 다급히 카트 옆에 붙어 섰다.

티타늄 화이트

신호등이 바뀌길 기다리던 장은조는 아까부터 누군가가 자신을 훔쳐보고 있다는 사실을 알고 있었다. 빨간색 야구 모자를 쓴 남자였다. 마트 앞 사거리에는 사람들이 적지 않았다. 대로를 계속 따라가면 괜찮을 것이다. 일터에는 사람이 더 많다. 예상했던 대로 남자가 가까이 다가왔다.

"저기, 번호 좀 알려 주시면 안 돼요? 너무 취향이시라."

장은조는 그를 향해 손목을 불쑥 내밀었다. 모자 아래 얼굴은 굳이 들여다볼 필요가 없었다. 블라우스 소매 끝단 아래, 티타늄 화이트 뱅글이 드러났다. 이 색은 연애 의사가 전혀 없을 때 나타나는 색으로 지금은 새로운 자극을 받아들일 수 없다는 뜻이었다. 남자는 뱅글이 모조품이라는 사실을 알아채지 못한 채 입술을 안으로 말았다. 녹색등이 켜지자, 장은조는 머뭇대는 남자 쪽으로 고개를 가볍게 숙인 뒤 걸었다. 인사를 하지 않았다는 이유로 쫓아오는 이들이 더러 있었기 때문이다. 빌미를 주면 곤란해진다.

바는 평소보다 시끄러웠다. 한국과 독일의 월드컵 경기를 보러 온 남자 손님들이 많아서였다. 미리 자리를 잡은 그들은 벽면의 대형 TV로 저녁 뉴스를 지켜봤다. 화면엔 공사장 사건에 관한 후속보도가 나오고 있었다. 죽은 교수가 스토커였다고 주장하는 익명의 제보자 몇몇이 나왔다는 소식이 전해졌다. 장은조 앞에 앉아 있던 남자들이 일제히 혀를 찼다.

"죽은 사람이 무슨 말을 하겠어."
"그러게. 안됐지. 와이프도 그렇고 저렇게까지 욕을 보여야 직성이 풀려? 제보자들 쟤네, 이름이랑 얼굴 까고 말하라고 해."

장은조는 무심히 시계를 확인하고 창밖을 내다봤다. 바 건너편에 안류지와 백환이 있었다. 두 사람이 나왔으니 얼마 뒤엔 마트의 불이 꺼질 것이다. 둘은 매주 금요일 밤 10시에 마트에서 장을 봤다. 매주 토요일과 일요일 오후엔 운동장을 돌았다. 데이트도 여행도 따로 하지 않는 듯했다. 필요 없는 지출을 최대한 막는 형태의 사이클이었다. 장은조는 주말마다 트랙을 도는 두 사람을 헬스장 창문으로 내려다본 뒤 바에 출근했다. 둘을 볼 때마다 장은조의 고개는 비딱하게 틀어졌다. 표정은 할 말을 참는 사람 같기도, 할 말이 없는 사람 같기도 했다.

손님들은 이제 막 시작한 축구 경기에서 눈을 떼지 못했다. 비품실로 들어간 장은조는 휴대폰을 귀에 바짝 붙이고 물었다.

"뉴스 챙겨 보고 있어?"

장은조는 상대방의 말이 거슬리는지 한숨을 쉬었다.

"정신 똑바로 차리라고. 그 여자가 진짜 범인 맞아?"

대답을 듣던 장은조가 손을 뻗어 냅킨 한 장을 뽑았다. 그는 긴 손톱으로 냅킨 위에 작은 원을 그렸다. 원 위에 원을 덧그리는 손놀림이 점점 빨라졌다. 냅킨이 찢어지자 장은조가 숨을 깊게 들이마셨다. 냅킨을 구겨 쥔 손등 위로 푸른 정맥이 두껍게 올라왔다.

비품실에서 나온 장은조는 월드컵 중계방송이 흥미롭다는 듯한 표정을 지어냈다. 하지만 그의 눈에 들어온 건 글자였다. 화면 하단으로 뉴스 자막이 나오고 있었다.

마슬항 방파제에서 20대 남성 시신 발견. 실족사로 추정.

티타늄 화이트

손님 대부분은 경기 관람에 정신이 팔려 있었다. 축구 경기가 열리는 날, 한 사람의 죽음은 단신 정도의 취급을 받았다. 장은조는 공을 몰고 뛰는 20대 남성과 허망하게 죽은 20대 남성이 한 화면에 나오는 일이 얄궂게 느껴졌다.

"매니저님도 조심해. 남자랑 데이트하러 저런 외진 곳에 가면 안 된다고."

장은조가 훈수를 둔 손님 쪽으로 몸을 틀었다. 자신처럼 경기 대신 다른 걸 본 사람이었다. 어쩌면 자신의 일거수일투족을 아까부터 쭉 지켜봤을지도 모른다.

"테트라포드, 저거 아주 골치야. 저 틈에 빠지면 한 달이 지나든 10년이 지나든 발견이 안 돼요. 나랑 친한 낚시꾼 형님도 저런 데 갔다 없어졌거든."

장은조는 놀란 척 눈을 크게 떴다. 남의 관심을 끌기 위해 지인이 실종되었다는 얘기를 아무렇지 않게 끌어들인 손님이다. 거리를 더 넓힐 필요가 있었다. 남자 곁의 일행들이 말을 보태기 시작했다.

"낚시꾼에 행락객에 잘못된 사람 많지. 방파제에는 하여간 가까이 가면 안 돼."
"그래도 애인 생기면 바다 보러 안 갈 거야? 마슬항, 저긴 한 시간이면 가잖아."

장은조는 아까 닦은 테이블을 다시 한번 닦았다.

뭘 오래 봐야 한다면, 사람이 아닌 걸 보고 싶었다. 바에 오는 손님 대다수는 늘 괴롭고 뻔한 잡담을 늘어놓았다.

컬러 필드에 사는 사람들은 이상형에 대한 공상을 끝없이 이어 갔다. 컬러 뱅글을 드러낸 그들에게선 언제나 강한 성적 긴장감이 풍겼다. 눈빛엔 생기가 가득했고 손발은 민첩했다. 반면 컬러 필드 밖에 사는 사람들은 연인과 배우자에 대한 불만을 질리도록 쏟아 냈다. 빈 손목을 쓸어내리는 그들에게선 묘한 배타성과 고집이 느껴졌다. 어딘가 수줍고 차분해 보이는 이들도 뱅글에 대한 논쟁이 일면 자기 의견을 굽히는 법이 없었다. 결혼, 이혼, 재혼, 별거를 반복하면서도 절대 컬러 필드 안에 들어가 살 생각이 없다는 몇몇은 항상 쓴 약을 삼키듯 술을 입에 털어 넣었고 낯빛이 수심으로 가득했다. 둘 중 어느 영역에도 속하지 않는 사람들은 바에 오래 머무는 법이 없었다. 서퍼로 불리는 이들은 컬러 필드 안팎을 오가며 사느라 양쪽 생활에 모두 익숙했고 대체로 달변가였다.

축구 전반전이 끝나자 술에 취한 손님들이 늘어났다.

"맞혀 봐. 컬러 필드가 없애고 있는 게 뭔지 알아?"
"축구 내기나 하지, 무슨 퀴즈를 내?"

문제를 낸 남자는 좌중을 둘러보고 큰 소리로 말

티타늄 화이트

했다.

"예술! 금단의 사랑이 없어지면 예술도 없어지는
거야."

"이 새끼 도대체 누가 데려왔냐?"

진한 카멜 뱅글을 찬 남자가 머리를 짚고는 말했
다. 무리 중에서 유일하게 뱅글을 찬 사람이었다.

"사람이, 어? 애가 타고 갈팡질팡하고 정신을 못
차려야 예술을 하잖아? 컬러 필드엔 그게 없어요.
금기 말이야. 결핍을 건전하게 다 채워 줘. 그래서
여기엔 건강이란 질병이 넘쳐 나는 거지."

"어우, 프랑스 사람이세요? 아주 스토커들이나
좋아할 소리를 하고 앉아 있네."

"쟤 아직도 그 유부녀 못 잊나 보다. 하여간 저 새
끼 뱅글 안 찬 여자들만 좋아한다니까."

"야. 컬러 필드에 예술이 없다면서, 왜 자꾸 컬러
필드에서 놀자고 하는데?"

오디오 볼륨을 두 칸 높인 장은조는 새 아르바이
트생을 불러 초콜릿을 건넸다. 일을 시작한 지 2주
만에 가장 많은 손님을 봤을 것이다. 축구가 끝날 때
까지 단걸 먹어 둬야 버틸 수 있다.

"내가 이래서 매니저님을 좋아해. 밑에 있는 사람
살뜰히 챙기는 거 봐. 얼굴만 훌륭한 게 아니라니
까."

아까 몸을 조심하라던 손님이 장은조를 향해 외쳤다. 슬며시 웃던 그가 두 손을 모아 움푹한 그릇을 만들고는 말했다.

"나도 한번 쥐 봐요. 먹고 싶으니까."

장은조는 바 안쪽에 놓인 초콜릿 상자 위로 행주를 있는 힘껏 던졌다.

"어떡해요. 그게 끝이었는데. 아, 저기 사장님한테 사 달라고 하실래요?"

장은조가 사장을 향해 손을 흔들었다. 온몸에 문신이 있는 거구의 사장이 남자 쪽으로 성큼성큼 걸어왔다. 초콜릿을 달라던 그는 딴청을 피우며 외투를 챙겨 들었다. 그가 나간 뒤 장은조가 아르바이트생에게 말했다.

"저런 놈은 뭐 하나를 받으면 말을 더 함부로 해. 그러니까 가게에서 파는 거 말고는 아무것도 주지 마."

아르바이트생이 앞니를 드러내며 웃었다.

"너무 밝게 웃지도 말고. 그러다 괜히 눈 마주치면 자기 좋아하는 줄 안다니까."

장은조는 아르바이트생에게 초콜릿 두 개를 더 꺼내 줬다. 그래도 할 만한 일이었다. 사장이 간혹 평일에 호출하긴 해도 보통은 금, 토, 일, 3일만 나

티타늄 화이트

가면 되는 일터니까. 사장은 매출의 상당 부분이 장은조 덕에 나온다는 사실을 알고 있었고 그래서 그의 직급과 급여를 높여 둔 상태였다. 다른 동료들과 어울리지 못하고 차츰 겉돌게 된 장은조는 가게 마감과 정리를 자진해 맡았다. 썩 내키진 않았지만, 아무도 없는 집에 서둘러 가야 할 이유도 없었다.

바 직원들이 하나둘 가게를 나섰다. 긴 청소를 마친 장은조는 비품실 창가에 놓인 매트리스에 누웠다. 잠깐 눈을 감고 있었을 뿐인데 눈두덩이에 온기가 느껴졌다. 아침 햇빛이 어느새 매트리스를 전부 차지하고 있었다. 이제 퇴근할 시간이었다.

번화가를 벗어난 장은조가 한 유치원 앞에 멈춰 섰다. 소풍이라도 가나. 아이들의 가방에 조그만 깃대가 매달려 있었다. 보호자들이 승합차에 오르는 아이들에게 연신 손을 흔들었다. 장은조는 노란색 차량 앞에 선 사람들을 지켜보다 다시 발을 뗐다. 걸음을 옮길 때마다 머리카락에서 담배 냄새가 났다. 손끝에선 락스 냄새가 났다.

큰 행복을 바란 것은 아니었다. 평범하고 조촐한 일상이면 족했다. 하지만 그런 나날은 열두 살 때 끝이 났다. 어쩌면 12년이나 무난하게 지냈던 걸 다행으로 여겨야 할까. 아버지를 아빠라고, 어머니를 엄마라고 부르던 시절이 있었다는 걸 행운으로 여겨야 할까. 가족들에게 가장 먼저 등을 돌린 건 아버지였다. 독일로 간 어머니는 중학교 졸업 무렵부터 소식이 끊어졌다.

사람을 무너뜨리는 미소. 가족이 아닌 다른 이들 앞에서 더 환했던 웃음. 장은조는 아버지가 소리 없이 웃을 때면 생기던 눈가의 잔주름 모양을 아직도 또렷이 기억하고 있다는 사실이 착잡했다. 그날은 유독 맑은 날이었다. 공원 저편의 라일락 나무들이 바로 앞에 있는 것처럼 느껴질 만큼.

오성급 호텔의 헤드 셰프였던 아빠는 집에서 좀체 요리를 안 했다. 대신 못 먹어 본 음식들을 자주 사 줬다. 소풍 당일 새벽, 선잠에서 깬 장은조는 부엌에서 나는 소리에 방문을 빼꼼히 열었다. 뒤돌아선 아빠 옆에 초록색 도시락 가방이 놓여 있었다. 가방 옆엔 샛노란 계란 지단이, 지단 옆엔 문어 모양 소시지가 보였다. 엄마가 할머니를 보러 병원에 며칠 가 있겠다고 했을 때는 내심 서운했는데, 부지런히 움직이는 아빠를 보니 속상한 티를 완전히 숨기지 못했던 게 창피했다. 방문을 닫은 장은조는 입을 막고 침대 위에서 방방 뛰었다. 친구들에게 아빠가 만든 요리들을 보여 주고 싶었다. 절친 두 명에게는 특별히 먹어 보란 말도 꺼낼 것이다. 커튼 사이로 아침 해가 보이자 장은조는 방문을 열고 아빠에게 뛰어갔다.

티타늄 화이트

"나 오늘 소풍 가는 거 알지? 그래서…"

"그러니? 그럼 이거 받아 가."

손바닥엔 도시락 가방이 아닌 다른 게 올라왔다. 아빠가 건넨 건 돈이었다.

"꼭 쥐어야지. 떨어져."

허리를 굽힌 아빠가 다가와 볼을 가볍게 꼬집었다. 안방에서 야구 모자를 깊이 눌러쓰고 나온 그는 초록색 도시락 가방을 낚아채듯 들었다.

"재밌게 놀아. 아빠는 일 보러 먼저 나갈게."

장은조는 학교에 가는 대신 아빠 뒤를 쫓았다. 문어 모양 소시지가 어디로 가는지 알아야 했다. 한 번도 뒤돌아보지 않는 아빠를 따라 15분쯤 걸었을까. 그가 도착한 곳은 집에서 버스로 두 정거장 정도 가야 하는 동네의 한 공원이었다. 아빠는 두 사람이 앉아 있는 널따란 벤치 쪽으로 거침없이 걸어 나갔다. 장은조는 쥐똥나무 뒤에 몸을 숨기고 얼굴을 살짝 내밀었다. 엄마 또래의 한 여자, 자신보다 몸집이 작은 한 여자아이. 쉬지 않고 걸어오느라 숨이 찬 건지, 미행을 들킬까 봐 숨이 찬 건지 분간이 되지 않았다.

"아빠!"

장은조는 두 손으로 입을 가렸다. 그리고 자신의

아빠를 아빠라고 부르는 아이를 쳐다봤다. 아이가 달려 나와 아빠 허벅지에 매달렸다. 아빠는 그 아이를 들어 안아 주고는 목말을 태웠다.

"아저씨라고 했랬잖아. 그렇게 부르지 말라고 했는데."

여자가 아이를 나무랐다.

"아빠야. 소풍 같이 나온 사람은 아빠 맞잖아."

아빠 어깨를 차지한 아이가 크게 대꾸했다. 몸을 웅크렸던 장은조가 흙바닥 위에 앉았다. 타닥 타다닥, 가벼운 발소리가 들린 건 얼마 후였다. 아이가 자신 쪽으로 뛰어온 것이다. 뒤편의 음료수 자판기를 흘깃 본 장은조가 턱을 바짝 내렸다.

"언니, 돈 어디다 넣는 거예요? 저 사과 맛 사이다 살 건데."

지폐를 꺼내려던 아이가 가방을 떨어뜨렸다. 가방을 집은 장은조는 인조가죽 중앙에 유성 펜으로 적힌 이름에서 한참 동안 눈을 떼지 않았다. 가방과 음료수를 챙긴 아이는 아빠와 여자를 향해 날듯이 뛰어갔다.

가게 앞에 선 안류지는 문턱 안으로 들어서지 못하고 평대 냉장고 주변을 서성였다. 회사가 알려 준 주소로 온 것이 분명했지만, 섣불리 발을 뗄 수 없었

티타늄 화이트

다. 백환의 말대로 애초에 거절했어야 했나. 그때의 파견이 또 다른 파견으로 이어진 꼴이었다. 공사장 사건의 여파로 이미지가 실추된 컬러 필드는 이번엔 암시장에 가서 가품 유통 실태를 조사해 오라고 했다. 하지만 여긴 진짜 시장 안의 후미진 반찬 가게일 뿐이었다. 창난젓, 명란젓, 어리굴젓. 안류지는 소금과 붉은 색소에 절여진 생물들을 차례차례 굽어봤다.

"뭐 드릴까? 찾는 게 있어?"

문을 살짝 연 주인이 기우뚱한 자세로 물었다. 안류지가 작은 목소리로 암호를 댔다.

"무지개색 돌고래."

광대 근처를 긁던 주인이 새끼손가락으로 가게 안쪽을 가리켰다. 밴댕이 상자가 가득한 통로를 지나자 작은 사무실이 나왔다. 문은 몇 초 후에 열렸다. 젊은 남자 두 명 뒤에는 모조 뱅글이 색깔별로 전시되어 있었다. 경비로 모조품을 수십 개 사는 동안 남자들은 아무 질문도 하지 않았다. 시장을 빠져나오기 전, 빈 점포 앞에 멈춰 선 안류지는 검은 비닐봉지 안에서 뱅글 하나를 집어 들었다. 티타늄 화이트 컬러였다. 뱅글을 만지작거리던 안류지가 중얼거렸다.

"조사 명목으로 빼는 거야. 아니, 조사하려고 차

는 거야. 회사에서 물어보면 테스트용이라고 하면 돼."

안류지는 차고 있던 뱅글을 끌러 가방 안주머니에 넣은 다음 가짜 뱅글을 찼다. 지금은 새로운 자극을 받아들일 수 없다는 색상의 뜻이 마음에 꼭 들었다. 원래 색을 숨기고 나니 어쩐지 숨통이 트이기도 했다. 모조 뱅글을 이리저리 살펴보던 안류지가 골목을 나섰다.

컬러 하우스 진입로는 사람들로 북적였다. 열댓 명의 경찰이 인파 사이에 띄엄띄엄 서 있었다. 인도 뒤로 몇 걸음 물러난 안류지는 누군가 들어 올린 패널을 발견하고 가슴을 쓸어내렸다. 다행히 사건이 벌어진 건 아니었다. '바른 만남 협회' 시위자들이 모인 것이다. 선두에 선 여자 대표는 회사 앞에서도 자주 봤기에 낯이 익었다. 이들은 일대일이 아닌 관계의 비윤리성과 위험성을 지치지도 않고 고발해왔다. 결혼 가정에 대한 지원과 혜택이 줄어든 현실에 대해서도 꾸준히 개탄했다. 컬러 필드 밖에 거주하면서 독점 관계를 유지하는 이들 가운데에도 바른 만남 협회를 비판하는 사람들이 꽤 있었다. 협회가 컬러 필드에 쏟는 관심이 집요하고 공격적이라는 이유에서였다.

"컬러 필드는 공사장 참극을 책임져라, 책임져라."

티타늄 화이트

"문란한 다자 관계, 눈 가리고 아웅이다, 아웅이다."

"아이들에게 건전한 성 관념, 물려주자, 물려주자."

안류지는 회사를 좋아하지 않았지만, 이름에 '바른'이 들어간 단체를 좋아하지도 않았다. 자신들은 건전하고 남들은 문란하다는 간편한 확신이 매번 애잔하게 여겨졌다. 앞으로 단 한 군데에서만 살 수 있다면, 지금처럼 컬러 필드 안에 있는 편이 나았다. 이곳에선 기껏해야 갑갑한 사람 취급을 받겠지만, 바깥에선 난잡한 사람으로 낙인찍힐 것이다.

"멀쩡한 교수가 죽었어요. 컬러 뱅글을 차고 다니다가."

대표는 눈을 부릅뜨고 외쳤다. 맞은편의 입주민들을 보고 하는 말이었다.

"뱅글이 가짜였다는 거 아직도 모르세요?"

입주민 중의 한 여자가 물었다. 여자 뒤엔 무비 나이트 사람들도 언뜻 보였다.

"가짜였다는 게 가짜 뉴스면요. 보세요. 우리처럼 컬러 필드를 온당하게 비판하는 사람들 목소리는 방송에 안 나오잖아요. 대기업 컬러 필드가 언론을 통제하는 게 아니면 왜 보도가 안 되겠어요?"

"저기요. 그 일은 컬러 필드와 아무 상관이 없어요. 그 사람들은 서로 맞지 않는데도 부부로 지낸 거예요. 여자는 비독점 관계를 못 받아들이고, 남자는 가짜 뱅글을 차고 다니고. 그러다 사건이 난 거죠. 그걸 보시고도 일대일 관계가 얼마나 위태로워질 수 있는지 모르시겠어요?"

"아니, 말이 안 통하네. 색 밝히다가 사회질서를 위태롭게 만드는 사람들이 대체 누군데요? 순결한 게, 한 사람을 죽을 때까지 사랑하는 게 어떻게 잘못이 돼요?"

"아무도 잘못했다고 안 했고요. 그러니까 돌아가셔서 순결하게, 죽을 때까지 한 사람을 사랑하시면 돼요."

대표의 입가 근육이 덜덜 떨렸다. 여자의 말엔 욕이 없었지만, 대표에겐 그 말이 지독한 저주처럼 들렸다. 비방과 명예훼손 얘길 꺼내려던 대표는 그 두 죄목이 여자의 말 어디에도 적용되지 않는다는 사실을 깨닫고 더 화가 났다. 매사 평온하고 여유 넘치는 그들을 보면 부아가 치밀었다. 받아들이기 싫지만, 컬러 필드 밖보다 컬러 필드 안의 범죄율이 훨씬 낮았다.

"애들 장난도 아니고, 같잖은 팔찌로 유세 떨면서 대충 만나고 수틀리면 바로 헤어지는 사람들이 뭘 잘했다고. 안 그래요? 누가 물을 흐리는데?"

"왜 컬러 필드 사람들이 사람을 대충 만날 거라고 보시는데요? 물을 흐리는 건 모조 뱅글을 차는 사람들이죠. 여기 주민들은 그런 거 안 차요. 각자의

티타늄 화이트

자유를 존중하기로 합의했으니까 속일 게 없죠."

속일 게 없다는 말에 대표가 빙긋 웃었다.

"컬러 필드에서 살았던 사실을 숨기는 사람들은요? 그렇게 당당하면 왜 컬러 필드 협력구에서 지낸 걸 비밀로 할까? 꽁꽁 감췄다가 결혼하고, 그러다 들켜서 싸우고 파혼당하고. 참 떳떳해요. 그렇죠?"

"컬러 필드 안에서 밖으로 나가든, 밖에서 안으로 오든 그게 무슨 문제예요? 관계는 언제든 어그러질 수 있어요. 그리고 결혼으로 관계가 완성되기나 했고요? 생각해 보세요. 인연이 끝났다는 걸 인정하지 않고 견디는 사람 중에 기혼자가 많을까요? 비혼자가 많을까요?"

대꾸할 말을 떠올리지 못한 대표가 주위를 두리번거렸다. 뒷짐을 진 여자가 말을 덧붙였다.

"그러니까 그만 돌아가세요. 다들 여기 잘못 찾아오셨어요."

산만해진 틈을 타 바른 만남 협회 시위자들이 목소리를 높였다.

"컬러 필드는 공사장 참극을 책임져라, 책임져라."

"문란한 다자 관계, 눈 가리고 아웅이다, 아웅이다."

대표를 상대했던 여자가 힘없이 몸을 돌렸다. 무비 나이트 모임원 몇몇이 그에게 다가가 어깨를 토

닥였다. 그 모습을 보던 뒷줄의 입주민 한 명이 크게
외쳤다.

"문란한 다자 관계. 더 문란하게, 더 문란하게."

웃음을 터트린 컬러 하우스 사람들이 그의 말을
따라 했다.

"더 문란하게, 더 문란하게."

안류지는 주민들과 눈이 마주칠까 봐 턱을 몸쪽
으로 깊이 당겼다. 손목의 뱅글이 어쩐지 진품보다
더 무거운 것 같았다. 소매를 끌어 내린 안류지는 후
문으로 서둘러 걸어갔다.

후문 근처는 다행히 한적했다. 벤치 하나를 발견
한 안류지의 걸음걸이는 점점 느려졌다. 백환의 뒤
통수를 보니 따뜻한 욕조에 몸을 담근 듯 전신이 느
른해졌다. 백환은 통화 중이었다. 안류지가 그의 뒤
편으로 다가갔다.

"멀쩡했잖아. 분명히 멀쩡했어."

인기척을 느낀 백환이 허리를 틀었다.

"네, 형. 걱정 말아요. 설마 박살 났겠어?"

안류지에게 손을 작게 흔든 그가 계속 말했다.

"에이, 괜찮다니까. 네네, 또 연락 줘요."

티타늄 화이트

통화를 마친 백환은 안류지에게 휴대폰 화면을 내보였다.

"뭘 또 보여 줘?"

화면엔 상대의 이름과 프로필사진이 남아 있었다. 안류지는 시선을 아래로 옮겼다. 5분 남짓의 짧은 통화였다. 하긴 백환은 아버지를 빼면 누구와 길게 얘기 나누는 법이 없었다. 그는 아버지를 자주 만나러 나갔다. 어머니가 사업 때문에 해외에 있어, 혼자 있는 아버지에게 마음이 쓰인다고 했다. 하지만 안류지가 셋의 식사 자리를 만들려고 하면 늘 시간을 맞추기 어렵다며 거절했다.

"준백이 형인데 카메라가 고장 난 것 같대. 내가 봤을 땐 문제없는데."

준백은 백환과 친하다는 동료 사진작가로 안류지는 그에 관한 얘기를 몇 번 들은 적이 있었다.

"형이 카메라에 좀 벌벌 떨어. 결혼식이 줄어서 오히려 행사 비용이 훨씬 비싸졌잖아. 이젠 전보다 화려하고 성스럽고 고풍스럽게 하려고 아주 난리들을 치니까. 그래서 이 형이 지금은 돈 되는 약혼식, 결혼식, 돌잔치만 다닌다. 나도 따라다녀 볼까? 어때?"

백환의 말은 묘하게 길고 설명적이었지만, 지적할 정도는 아니었다. 시위를 지켜보다 급히 빠져나

와서 그럴 기력이 안 생기는지도 몰랐다.

"류지, 너도 알잖아. 컬러 필드에서 하는 기념 파티 같은 행사에는 하객이 많아도 축의금이 없어. 근데 컬러 필드 밖의 행사들은 하객이 적어도 축의금이 무지막지하다니까? 도는 돈의 규모가 달라."

"백환. 돈타령은 나만 할게. 무리하지 말고 가던 길로 가세요. 너 지금도 바쁘잖아."

안류지가 웃자 백환도 웃었다. 백환이 안류지의 손을 잡고 물었다.

"내가 너무 열을 냈나? 류지야. 우리 아이스크림 사 갈까?"

"아니, 춥거든."

안류지는 통화 상대를 무비 나이트 운영진 여자, 밀키 핑크 뱅글러로 상상했던 아까의 자신이 껄끄러웠다. 무턱대고 왜 그런 생각을 했지. 몸도 마음도 고단해서 별일 아닌 데에도 민감해진 건가.

"근데 나 형 따라서 한번 가 보고 결정해도 되지 않아? 요새 결혼식은 얼마나 으리으리한지 구경도 하고 밥도 먹고. 음, 다금바리 위에 막 금가루를 뿌리려나?"

"자꾸 웬 결혼식 타령? 너 사진에 컬러 안 쓰잖아. 누가 결혼식 사진을 느와르풍으로 찍는다고. 어휴, 안 먹던 거 먹으면 체해요."

티타늄 화이트

"오, 너는 벌써 체한 것 같은데? 이거 뭐야? 혼자 아이스크림 먹었어?"

백환이 안류지의 뱃살을 잡고 키득거렸다. 그의 손을 살짝 꺾은 안류지가 눈을 흘겼다. 두 사람은 오랫동안 가벼운 말장난을 이어 갔다.

삼가 고인의 명복을 빕니다.

컬러 필드는 죽은 남자 교수를 위한 광고를 크게 냈다. 포털 사이트 배너부터 지하철 스크린 도어까지 구석구석. 하지만 메인 카피에 가려진 속셈은 따로 있었다. 회사는 이 광고를 통해 피해자의 뱅글이 가짜였다는 사실을 대대적으로 알렸고, 암시장 및 가품 유통에 대한 단속을 철저히 강화할 것을 약속했다. 몇몇 카드사와 대형 프로모션도 진행했다. 컬러 페이 적립금 비율을 한시적으로 높였고 이달의 컬러 행사도 공격적으로 벌였다.

공사장 사건에 붙은 관심을 다른 곳으로 옮기기 위해서는 공사장 사건부터 언급해야 했다. 그편이 정직하고 성숙한 자세로 비칠 거란 전략이었다. 얕은 술수였지만 효과는 좋았다. 아무리 쇼라도 성실히 준비하면, 사람들은 그 노고를 잘 헤아려 줬다. 컬러 필드가 광고를 내보낸 후부터 뉴스엔 가짜 뱅글을 단속하는 현장이 수시로 나왔다.

턱에 파운데이션을 덧바르던 장은조가 휴대폰을

흘깃거렸다. 한 기자가 위조 뱅글 무더기 앞에서 준엄한 표정을 짓고 있었다. 영상 아래엔 구매자들을 비난하는 댓글이 수두룩했다.

- 제발 가짜 좀 사지 마. 연애 생태계 다 교란된다.

- 정품 가격 아까워하는 애들이랑 도대체 어떻게 사귀냐. 데이트 비용은 어쩌게.

- 돈 아끼는 것보다 속이는 게 문제지. 하나를 보면 열을 안다고.

- 짝퉁이면 도망쳐. 입 닫고 런런.

호응이 높은 댓글은 대충 훑어봐도 비슷한 내용이었다. 스크롤바를 계속 내리던 장은조가 동작을 멈췄다.

- 진짜는 신변 보호가 돼. 바디 캠, 긴급 신고, 위치 추적 기능이 있잖아. 가짜는 그런 기능 하나도 안 먹어. 너네 잘 보이려고 인기 높은 색 짭으로 사지 마라. 연애하다 골로 감.

- 이 형 다 써 봤나 봄.

댓글을 한참 보던 장은조가 급히 운동화를 신었다. 따로 챙긴 구두는 화장실에서 꺼내면 된다. 오피스텔을 나선 장은조는 몸을 부르르 떨었다. 입김이 짙었다.

티타늄 화이트

티타늄 화이트, 티타늄 화이트

백화점 지하 1층의 컬러 팝업스토어는 생각보다 규모가 컸다. 생활용품, 의류, 잡화 그리고 디저트까지 컬러를 테마로 개발한 상품들을 새롭게 론칭하는 자리였다. 장은조가 갈 곳은 칵테일 시음 행사 코너였다. 드넓은 매장을 두 바퀴째 헤매다 간신히 부스를 찾았을 때 사장의 전화가 걸려 왔다.

"잘 도착한 거지? 그거 컬러 필드 일이라 페이가 짤짤하다."

"알고 있거든. 근데 여기서 길 잃겠다. 1000평도 넘을 것 같은데? 나 진짜 두 시간만 일하고 가면 되는 거야?"

"어. 다른 가게에서도 바텐더 두 명 보냈으니까 할 일은 별로 없을 거야. 컬러 필드 직원들도 같이 있을 거고."

사장의 말대로 거들 일은 적었다. 장은조에게 정장을 건넨 컬러 필드 직원이 그에게 컬러 팝업 어플 가입 방법을 알려 줬다. 가입 후 무료 쿠폰을 다운받은 고객에게 칵테일 한 잔을 내주면 된다고 했다. 오피스텔 원룸보다 커다란 화장실에서 옷을 갈아입은 장은조는 손목을 내려다봤다. 뱅글이 모조품이긴 하지만, 차고 있는 편이 나을 것 같았다. 이상한 손님들이 바에만 있을 리 없었다.

　　"아무거나 한 잔 주세요."

　　테이블 아래쪽에서 술병을 정리하던 장은조가 인상을 썼다. 어플 가입 방법이 부스 앞에 크게 적혀 있을 텐데도, 다짜고짜 술을 내놓으라는 사람이 나타난 것이다. 그것도 행사 개시와 동시에. 쿠폰을 제대로 받았다면 본인이 선택한 술 이름을 말했을 것이다.

　　"먼저 어플 가입을 하셔야 쿠폰이…"

　　장은조는 말을 끝내지 못하고 숨을 들이마셨다. 눈앞에 곰 한 마리가 서 있었다. 머리부터 발목까지 진한 갈색 털로 뒤덮인 아르바이트생이 머뭇거리다 말했다.

　　"아, 놀라셨죠? 저는 오늘 이 부스 홍보를 맡았는데요. 맛 설명할 때 참고할 겸 한번 마셔 보려고요. 알코올 도수 센 걸로 부탁드립니다."

티타늄 화이트, 티타늄 화이트

"그럼 미성년 곰은 아니신 거죠?"

"네? 네. 신분증 보여 드릴까요?"

곰이 허둥지둥 가방을 찾으려고 하자, 장은조가 진을 꺼내 들어 마티니 한 잔을 만들었다. 곰은 탈구멍 속으로 술을 단번에 털어 넣었다.

"오, 엄청 맛있네요. 솜씨 좋으시다."

부스에 온 손님들이 다른 바텐더들에게 쿠폰을 보여 주기 시작했다. 술을 금세 다 마신 곰은 장은조 앞으로 가까이 다가섰다.

"죄송한데 한 잔만 더 만들어 주실 수 있을까요? 이번에도 도수 높은 걸로."

테킬라와 소금을 꺼낸 장은조가 마가리타를 만들어 건넸다. 두 손으로 잔을 받은 곰은 술잔을 곧장 비우고 부스 주변을 돌아다녔다. 손님들과 함께 사진을 찍는 곰을 장은조가 물끄러미 쳐다봤다. 그러자 곰이 장은조를 향해 손을 크게 흔들었다. 설마 나를 보고 있었던 건가. 아니겠지. 곰은 행사가 시작된 지한 시간도 되지 않아 무료 칵테일을 다섯 잔이나 마셨다. 스크루드라이버, 아그와 밤, 진토닉까지. 곰이 다가올 때마다 장은조의 손아귀엔 힘이 들어갔다. 곰은 취기가 오르지 않는지 걷는 자세가 꼿꼿했다.

"이 곰 인형은 입이 뚫려 있어서 다행이에요. 전에 경찰차 탔을 때 보니까, 마스코트 인형 입은 막혀 있더라고요."

어쩌라는 거지. 경찰서에 들락날락한 게 자랑이라도 되나. 장은조는 이 수상한 아르바이트생에게 술을 그만 내줘야겠다고 생각했다. 곰은 부스를 떠나지 않고 장은조를 지그시 쳐다봤다. 아니, 지그시 쳐다본다는 기분이 들었다. 곰의 눈은 검고 촘촘한 철망으로 가려져 있어 그가 자신을 어떤 표정으로 보고 있는지 알 수 없었다. 둘의 거리는 가까웠지만, 자신을 대놓고 관찰할 수 있는 건 곰뿐이었다.

"공사장 사건 아시죠? 이놈의 행사, 그거 덮으려고 하는 거잖아요."

곰이 속삭인 순간, 매대에 놓인 잔 하나가 바닥에 떨어졌다. 장은조의 팔꿈치에 닿은 잔이었다. 곰이 팔을 흔들며 소리쳤다.

"오지 마세요. 제가 치울게요. 제가 깨트린 거예요."

탈을 벗은 곰이 물티슈를 집었다. 장은조의 코에서 뜨거운 숨이 새어 나왔다. 네가 왜? 네가 왜 곰 속에 있어? 쭈그려 앉아 바닥의 술을 닦고 있는 안류지 옆에 장은조가 다급히 앉았다.

"이거 제가 떨어트린 건데요."
"아니에요. 제 잘못이에요. 이 털 좀 보세요."

안류지가 북실북실한 양손을 펼쳐 보였다. 플라

스틱으로 만들어진 잔엔 실금 한 줄도 가지 않았다. 가만 보니 안류지의 두 눈은 풀려 있었다. 이마와 볼엔 젖은 머리카락이 해초처럼 달라붙어 있었다. 늘 멀리서만 봤던 안류지의 곁으로 다가가니 처음으로 체취가 전해졌다. 그동안 안류지를 잘 알고 있다고 생각했는데. 금요일 밤마다 마트에서 장을 보는, 주말이 되면 운동장에서 주구장창 걷는 안류지의 사이클을 누구보다 잘 파악하고 있었는데. 눈을 껌뻑이던 안류지가 말했다.

"고맙습니다. 컬러 필드 때문에 저도 선생님도 고생이 많네요. 회사가 여기 가라, 저기 가라, 아주 난리예요. 오늘은 곰까지 되라고 해서 술만 죽냈네요."

마땅한 대답이 떠오르지 않아 장은조는 맥없이 웃었다. 낮게 울리는 목소리, 약간 큰 앞니, 오른쪽 얼굴과 사뭇 다른 왼쪽 얼굴. 가까이에서 본 안류지는 처음 보는 심해 생명체 같아 눈을 뗄 수 없었다. 귓가까지 심장 소리가 울렸다.

"죄송해요. 제가 오늘 탈을 썼다고 너무 까불었어요. 갑자기 실례 많았습니다."

말을 마친 안류지가 자리에 주저앉았다. 장은조는 안류지의 팔을 조심스럽게 잡아 일으켰다.

"진짜 미안합니다. 미안해요."

다시 볼 리 없을 듯한 바텐더를 향해 안류지가 허리를 숙였다. 탈을 벗어 반인반수가 된 그는 자유를 잃고 무력해진 일개 사원의 모습으로 돌아간 듯했다. 안류지가 컬러 필드 사원이라는 사실을 뒤늦게야 떠올린 장은조는 곧장 모조 뱅글을 빼려다, 괜히 더 눈에 띌 것 같아 그대로 뒀다. 안류지는 한참 후에야 허리를 바로 폈다.

컬러 필드의 크고 작은 행사들이 끝나 갈 무렵, 공사장 사건은 우울증을 앓는 여자의 우발적 범행으로 결론이 났다. 여자의 직업, 결혼 생활, 다자 관계에 대한 그의 지론 따위는 조명 밖으로 밀려났다. 결국 살인자의 주장일 뿐이었다. 여자를 이해할 만하다고 생각하는 이들도 그런 의견을 입 밖으로 내진 않았다. 죽은 남자가 스토커였다는 제보 또한 힘을 잃었다. 대학 측이 그러한 추문을 고인에 대한 명예 훼손으로 간주해 법적 절차를 밟기로 했기 때문이다. 사건은 자잘한 비화와 억측이 뒤섞이면서 원래 형태를 알아보기 힘든 곤죽이 되어 갔다.

컬러 필드 사람들은 동요 없이 즐거워 보였다. 회사는 사건이 일어났던 공사장 일대에 컬러 하우스를 세우려고 했던 사실을 숨기는 데 성공했다. 새로운 컬러 하우스 자리는 다른 부지로 옮겨졌다. 건설 업체는 어차피 하청의 하청 업체라 컬러 필드의 이름이 드러날 리 없었다.

티타늄 화이트, 티타늄 화이트

팀장실에서 나온 안류지는 탕비실 천마차를 연거푸 두 잔 마셨다. 기존의 모니터링, 데이터 분석 업무에 더해 사고 현장, 암시장, 행사장까지 가면서 추가 업무를 했지만 팀장은 사이트 리뉴얼 작업에 대한 질문만 늘어놓을 뿐 승진 얘기는 전혀 꺼내지 않았다. 이 와중에 여자 교수는 범인이 아닐 거란 말을 꺼낸다면 승진은커녕 퇴사를 준비해야 할 수도 있었다.

데이트 장소는 시끄럽고 부산했다. 지중해식 인테리어로 꾸민 카페는 사람들로 혼잡하기만 했다. 차라리 집 근처 조용한 데로 가고 말걸, 괜히 검색했나. 안류지는 백환과의 교제 2주년을 여기서 기념하기로 한 것을 후회했다.

카페 실내 중앙, 수영장을 끼고 있는 목 좋은 자리엔 한 커플이 앉아 있었다. 코너를 돌아 나온 손님들은 그 커플을 바로 마주쳤다. 그런데 커플은 서로를 보는 대신 눈이 마주친 손님들을 봤다. 붙였던 몸을 떼고 주변을 기웃거리며 컬러 뱅글이 채워진 손목을 쉴 새 없이 돌렸다. 온갖 과일이 올라간 에이드와 와플엔 입도 대지 않았다. 데이트 중에도 변화와 가능성을 기대하는 연인이었다.

"초라해."

안류지는 무심결에 혼잣말을 내뱉었다. 무한한

것이 아름다운지 알 수 없었다. 그렇다고 유한한 것이 소중한지도 알 수 없었다. 초라하다는 말을 내뱉고 나자, 드러나지 않게 백환을 판단해 왔던 자신 역시 초라하다는 생각이 들었다.

"류지, 너도 따뜻한 아메리카노 마실 거지? 까눌레도 하나 살까?"

"뭐 하러. 한 입 거리인데 너무 비싸."

백환이 그럴 줄 알았다는 듯 어깨를 으쓱였다. 안류지는 컬러 필드에 다니면서 백환과 2년째 연애하는 자신이 오늘따라 더 창피하게 느껴졌다. 아무리 반성해도 떨칠 수 없는 감정이었다. 어려운 일을 쉽게 떠맡기는 회사 사람들은 자신의 이런 미련함과 고집을 애초부터 간파하고 있었던 게 아닐까. 하지만 남들처럼 변화와 가능성을 내다보는 일은 언제나 두렵기만 했다.

"까눌레 사. 아니다. 케이크도 같이 사자."

"어? 안류지가 웬일로? 너 이제 말 바꾸기 없어."

백환이 디저트 쇼케이스 쪽으로 붙어 섰다. 인파 속에 혼자 남은 안류지는 그제야 한쪽 구석으로 치워 뒀던 고민을 다시 꺼내 들 수 있었다. 궂은일을 시키면서도 승진 언급을 않는 직장, 미지근하게 긴 연애, 그리고 범인이 아닐 그 여자. 주문을 마친 백환이 돌아서자 안류지는 아무렇지 않은 척 빙그레 웃었다.

티타늄 화이트, 티타늄 화이트

"백환. 미안해."

"뭐가?"

"그냥 모든 게."

안류지는 백환의 등을 어루만졌다. 진짜 만지고 있는데도, 만지는 흉내를 내는 것 같았다. 노력과 타성을 분간할 수 없었다. 백환에게 자신이 고리타분한 사람인 것처럼 느껴진다고 말할 수 없었다. 뒤처져서 소외감이 든다고, 구습에 젖어 있는 듯한 기분이 든다고, 그러니까 지는 심정이라고.

"모든 게 미안하다니? 이거 이상한데? 무슨 꿍꿍이야?"

안류지는 대꾸 없이 흐리멍덩한 미소를 지었다. 입을 여는 순간, 그건 개인의 실책이 아니라 팀의 실책이 될 것 같았다. 안류지는 까눌레를 조금 뜯어 백환의 입에 넣었다. 컬러 필드에서 일하니까 자유로워야 한다고 느낀다면, 그건 진짜 갈증이 아니라 압박일 거야. 직업과 생활을 일치시킬 필요는 없어. 그래도, 그래도. 안류지는 커피 잔을 세게 움켜쥐었다. 백환은 자신의 뱅글 색이 바뀌어 있다는 걸 오늘도 알아채지 못했다. 언젠가부터 자신을 자세히 살펴보지 않았다.

한두 해의 교제 기간을 넘기면 나머지 시간은 덤처럼 쌓이는 걸까. 그리고 그게 꼭 나쁜 걸까. 켜켜이 쌓인 나날은 겨울 이불같이 안전하고 따뜻할 것이다. 하지만 언젠가 우리를 데워 주던 이불 더미가 무너진다면. 거기 깔린다면. 안류지는 쏟아지는 이불 따위 무섭지 않았다. 그가 무서워하는 건 그 안에 머문 채 밖으로 나가지 않을 자신이었다. 나름대로 괜찮아. 나쁘진 않아. 아늑해. 숨이 막히는데도 이런 소리를 하고 있을 자신.

케이크를 반쯤 먹었을 때 안류지는 눈을 비볐다. 카페 매대 앞에 낯익은 사람이 서 있었다. 얼마 전 팝업스토어에서 칵테일을 여러 잔 내줬던 바텐더였다. 안류지는 자기도 모르게 매대 쪽으로 성큼성큼 걸어 나갔다. 안류지를 발견한 장은조가 반걸음 물러났다.

"저 기억하시죠? 술 퍼먹던 곰이요. 여기 새로 오픈해서 그런지 사람이 많네요."
"아, 안녕하세요. 전 자리가 없어서 테이크아웃하려고요."
"그럼 저희랑 잠깐 합석하세요. 저긴 제 남자 친구."
"아니, 그럴 것까진 없는데."

안류지가 장은조의 팔짱을 꼈다. 둘을 본 백환이 늘어져 있던 몸을 바로 일으켰다. 얼마 후 각자의 이름과 직업을 밝힌 세 사람은 끊길 듯 끊기지 않는 대화를 이어 갔다.

"은조 씨, 그날은 칵테일을 너무 맛있게 만들어 주셔서 염치도 없이 계속 부탁했어요."

티타늄 화이트, 티타늄 화이트

"아니에요. 저는 편하게 일했는데요."

백환은 장은조를 잘 쳐다보지 못했다. 안류지는
여자들 앞에서 긴장하는 백환이 거슬렸다. 무비 나
이트 운영진 여자도, 바 매니저 장은조도 백환 앞에
서 긴장하지 않아 더 씁쓸했다. 얼이 빠진 쪽은 아무
리 봐도 백환이었다. 안류지는 백환의 머리카락을
정돈해 주는 척하며 이마를 세게 눌렀다.

"아, 아파."

백환이 얼굴을 구겼다. 안류지는 철부지 아이처
럼 소리치는 백환을 가만히 쳐다봤다. 백환이 다른
사람을 좋아하게 됐다고 하면 금방 수긍할 수 있을
것 같았다. 아무렇지 않을 수 있었다. 아니, 정말 그
럴까. 벌어지지 않은 일이라 멋대로 상상하나. 무엇
보다 속으로라지만 백환에게 이렇게 함부로 굴어도
되는 건가. 장은조는 안색이 어두워진 안류지를 가
만히 지켜봤다.

"저는 일이 있어서 먼저 일어나 볼게요. 만나서
반가웠습니다."
"은조 씨, 벌써 가시게요? 아쉽다."

안류지의 탄식에 백환은 거드는 말 없이 팔꿈치
를 긁었다.

"아뇨, 이제 두 분 데이트하셔야죠."

장은조가 떠나자 백환과 안류지는 입을 다물고

카페 내부를 찬찬히 둘러봤다. 테이블마다 어리고 해맑아 보이는 연인이 가득했다.

"우리 기념일인데 왜 묻지도 않고 다른 사람을 불러? 너 갑자기 왜 그렇게 들떴는데?"
"무슨 소리야? 내가 뭘 들떠?"

안류지는 볼에 손등을 대 보았다. 한번 오른 열은 잘 내리지 않았다. 그 바텐더를 보고 왜 그렇게 조급해졌는지, 왜 밝고 유쾌한 사람처럼 굴었는지, 튀어나오는 말을 왜 제어할 수 없었는지 이해가 되지 않았다. 어쩌면 그런 위장 때문에 모든 행동이 엉켰는지도 몰랐다. 안류지는 장은조가 앉아 있었던 자리를 한참 쳐다봤다. 처음엔 칵테일, 두 번째에는 진한 커피 탓이었을까. 장은조란 사람을 볼 때마다 귓가가 둥둥 울리고 속이 체한 것처럼 더부룩했다.

남은 커피를 모조리 마신 안류지는 자신의 신념을 되새겼다. 헛된 욕심을 내지 않는다. 발치에 자질구레한 요행을 흩뿌려 놓고 뒤통수에 거대한 불행을 떨구는 게 인생. 그러니 헛된 욕심을 내지 않는다. 허황된 꿈을 꾸지 않는다.

중학교 1학년이었던 여름, 교복 치마에 월경혈이 묻어 어쩔 줄 몰라 하다가 조퇴를 하고 일찍 돌아온 날이었다. 집 앞 도로에 누가 떨어뜨린 듯한 요거트가 있었다. 안류지는 그걸 주워 현관 옆 계단에 앉았다. 먼지 하나 묻지 않은 패키지는 작고 예뻤다. 진

티타늄 화이트, 티타늄 화이트

짜보다 더 붉고 생생한 딸기 그림을 만지작거리던 안류지는 뚜껑 안쪽에 묻은 요거트부터 남김없이 핥았다. 꿈결같이 달콤한 향이 입 안에 퍼졌다. 몸이 포르르 떨렸다. 안류지는 디저트를 절대 먹지 않는 엄마를 이해할 수 없었다. 혈당이 오른대도 걱정 한 톨 품을 수 없는 맛이었다.

하지만 거실에 들어서자 입 안에 감돌던 딸기 맛은 텁텁하게 변했다. 안류지는 속옷 차림의 엄마와 낯선 남자를 맞닥뜨렸다. 엄마와 아빠는 이혼한 지 오래였지만, 안류지는 눈앞의 엄마를 도저히 받아들일 수 없었다. 열네 살의 안류지는 방금 문밖에서 먹은 요거트 맛이 열네 살과 딱 어울린다고 생각했다. 건물 옥상에서 동네 고양이를 내려다보듯, 열네 살답지 않은 자신이 열네 살의 자신을 내려다봤다. 모든 게 알량하고 거북했다.

손목의 모조 뱅글을 다른 손으로 덮은 안류지는 고개를 들어 사람들의 손목을 둘러봤다. 어쩌면 컬러 뱅글은 그때의 요거트와 비슷한 물건일지도 몰랐다. 불길하지만 끌리는, 하지만 남김없이 맛보고 나면 결국 불행해질 게 뻔한.

잠을 이루지 못해 뒤척이던 안류지는 눈을 뜨고 스탠드 그림자를 주시했다. 그러고는 경찰서 로비에서 처음 들었던 여자 교수의 말을 곱씹었다. 진한 커피 덕인지 잡념 없이 생각이 길게 이어졌다.

"남편이랑 그 새끼 애인까지 둘을 같이 죽이고 싶었는데 하나가 도망쳤어요. 발등을 돌로 내려찍었는데도 밤길로 금세 사라지더라고요."

조사실에서는 여자의 태도에 놀라 알아채지 못했는데 그 말엔 커다란 틈이 있었다. 묻어 뒀던 질문이 연달아 머리를 디밀었다. 안류지는 남자 교수의 애인이란 남자에게 임시 이름 X를 붙였다.

첫째, 남자는 교수와 X 둘이고 여자는 교수의 아내 하나인데 X는 왜 완력으로 제압하기 쉬웠을 여자를 말리지 않고 달아났을까. 둘째, 같이 있던 연인이 살해됐는데 지금껏 숨어서 꿈쩍도 안 하는 X는 과연 멀쩡한 인간일까. 셋째, 발등을 다친 채 도망친 X가 눈에 안 띌 리 없지 않나.

어쩌면 X가 남자 교수를 먼저 공격한 게 아닐까. 안류지는 머릿속에서 세 사람의 위치를 재배치했다. X가 남자 교수를 죽이려고 하는 장면이 그려지기 시작했다. 여자 교수가 달아난 X와 연인 관계였다면, 그래서 X의 죄를 여자 교수가 뒤집어쓴 거라면. 이 가정이 좀 더 자연스러울 듯했다.

안류지는 애써 무시했던 불온한 생각을, 깊숙한 구덩이에 처박아 뒀던 의심을 들춰 보기 시작했다. 교수의 사망 추정 시기는 11월 중순. 백환이 출사를 나간 시기와 겹쳤다. 장소도 그 부근이었다. 또렷하게 기억했다. 추위를 많이 타는 데다 집에서 맥주까지 마시고 늘어져 있던 백환이 휴대폰을 보다 갑자기 외출해서 놀랐으니까.

여자 교수는 남편의 애인이 피부가 희고 왜소한 체격의 남자라고 했다. 안류지는 잠든 백환의 마른 몸, 흰 얼굴을 보며 고개를 저었다. 특징이라 부를 수도 없는 특징이었다. 자기가 아는 한 백환이 남자를 만났을 리 없었다. 만약 여자 교수가 백환과 연인 사이고, 그를 감싸기로 작정했다면 도주자의 생김새를 완전히 다르게 말했을 것이다. 아니, 백환에 대해 완전히 함구했을 것이다. 도리질 치던 안류지는 말도 안 되는 추측에 휘둘리지 말자고 다짐했다. 어쨌든 범인이 자수했다. 끝난 일이다.

하지만 안류지는 이불을 들춰 백환의 발을 보기가 무서웠다. 백환에게서 등을 돌린 안류지가 몸을 둥글게 말았다. 출사를 마치고 돌아온 백환은 어딘가 피폐해 보였고 옷 이곳저곳이 늘어나 있었다. 며칠간 잠을 너무 오래 잤고 깨어나면 볼살이 푹 꺼진 얼굴로 멍하니 있어 말을 걸기 어려웠다. 발등의 상처에 대해 묻자 백환은 액자가 떨어져 다쳤다고 답했다. 빌딩에서 떨어진 액자에 맞은 게 아니라면 그렇게 심한 상처가 생길 리 없었다. 당연히 믿기 힘든 변명이었다. 게다가 백환은 자신의 끈질긴 설득에도 병원에 가지 않겠다며 고집을 부리지 않았나.

베개를 꽉 끌어안은 안류지는 눈을 감았다. 그리고 머릿속으로 남자 교수를 먼저 가격하는 X의 빈 얼굴에 백환의 얼굴을 넣어 봤다. 다음엔 남자 교수를 쉬지 않고 때리는 X의 빈 얼굴에 백환의 얼굴을 넣어 봤다. 마지막으로 여자 교수를 사건 현장에 둔 채 달아나는 X의 빈 얼굴에 백환의 얼굴을 넣어 봤다.

여자 교수가 X, 남편의 애인에 대해 굳이 언급한 이유는 무엇이었을까. 첫 번째, 사람들이 자신의 범행 동기를 의심하지 못하도록 만들기 위해. 두 번째, 혹시 목격자가 나타나더라도 문제가 생기지 않도록 하기 위해. 세 번째, 남편과 몸싸움을 벌이다 다친 자신의 연인이 혹시라도 용의선상에 오르는 일을 막기 위해.

안류지는 침대에서 천천히 일어나 거실로 나갔다. 마지막 네 번째 이유가 떠올랐기 때문이다. 벌은 자신 혼자 받되, 연인이 끝내 자신을 잊지 못하도록 만들기 위해.

냉장고를 연 안류지가 선 채로 찬물을 들이켰다. X가 정말 백환일까. 우리 집에, 저 방에 있는 내 남자 친구가 설마 진범일까. 심지어 연인을 두고 혼자 도망친 살인자일까.

티타늄 화이트, 티타늄 화이트

블랙

토요일 오전 햇살이 거실에 가물거렸다. 소파에서 까무룩 잠이 든 것 같은데, 눈이 잘 떠지지 않았다. 안류지는 찡그린 얼굴로 휴대폰을 집었다.

집 근처인데 얼굴 볼 수 있니?

문자는 한 시간 전에 와 있었다. 안류지는 엄마에게 서둘러 전화를 걸었다.

"어디야? 왔으면 전화를 하지, 왜 문자만 했어."
"컬러 하우스 단지 산책하다 카페 왔는데 좋아. 여기 스페셜티 커피 괜찮다. 산미랑 바디감이 적절해. 음악도 마음에 들고."
"아침부터 뭔 스페셜티야. 와서 벨 누르면 되지, 뭐 하러 주변을 돌아."
"너 혼자 사는 곳이 아니잖아. 그리고 집주인인

너한테 허락을 받아야 들어가지.”

안류지는 엄마가 무슨 북유럽 사람이냐고 물으려다 말았다. 필요한 농담도, 농담을 건넬 사이도 아니었다. 얼마 후 양손에 큰 플라스틱 통을 든 도해경이 현관에 발을 들였다. 도해경에게 인사한 백환이 통을 받아 들었다. 부스스한 머리털이 한쪽으로 쏠린 백환의 모습을 보자, 안류지는 간밤에 혼자 쓴 추리극이 한낱 망상같이 느껴졌다. 그것도 개연성 없이 도파민으로 범벅된 드라마.

“어제 노래 교실 회원님이 준 김치야. 성의는 고맙지만, 젓갈 향이 내 입엔 잘 맞지 않아서. 너랑 환이는 이렇게 양념 많은 김치 좋아하잖아.”

엄마는 또 배부른 소리를 하고 있었다. 안류지는 김치를 생필품이 아닌 기호품으로 여기는 엄마가 새삼 놀라웠다. 천연덕스럽게 여유를 부리고, 아쉬운 건 없다는 듯이 구는 태도란 언제 봐도 부아가 치밀었다. 통만 보고 엄마가 손수 뭘 만들어 온 거라고 착각했다니. 입을 닫았지만 입꼬리가 꿈틀댔다. 도리와 책무. 앞으로도 엄마와 나눌 수 있는 건 이 둘뿐일 것 같았다.

“자고 가, 엄마.”

안류지는 엄마가 이 집에 자신을 반기는 사람이 아무도 없다는 사실을 알아챌까 봐 급히 말했다.

블랙

"네, 하루… 자고 가세요."

백환이 거들었다. 하루는 괜찮다는 뜻일까. 하루만 견딜 수 있다는 뜻일까. 안류지는 백환을 슬쩍 쳐다봤다. 입매는 부드러워 보이지만, 눈빛에 건조하고 냉담한 기운이 감도는 것 같았다. 그만, 그만. 멋대로 넘겨짚지 말자. 머리카락을 휘저은 안류지가 아까보다 큰 소리로 말했다.

"엄마, 편히 자고 가. 우리 둘 다 쉬는 날이니까 괜찮아."

"잠은 내 집에서 자야 편한 거지. 여긴 너희 둘이 쉬는 곳인데. 난 잠깐만 쉬고 가도 고마워."

"그럼 그렇게 하실래요? 제 방에서 쉬세요. 제가 짐 좀 치울게요."

"아니야. 여기서 쉬면 되지. 난 방금 커피 마셨으니까 아무것도 주지 마."

도해경이 거실 소파 끝에 걸터앉았다. TV 볼륨을 높인 안류지는 백환의 손목을 잡고 그의 방에 들어갔다.

"뭐 하러 방에서 쉬라고 해? 짐은 또 왜 치워? 엄마 말대로 잠깐 같이 거실에 있으면 되지."

"말은 저렇게 하셔도 주무실 수 있으니까 치우는 거야."

안류지가 눈썹을 치켜올렸다. 노래 강사 일이 잠

시 끊겼을 때 엄마가 여기서 머문 이틀. 단 이틀. 백환은 그걸 잊지 않고 이렇게 비꼬는 것이다. 그 이틀마저 백환은 아침 일찍 나가 밤늦게 돌아왔다. 하루는 작업이 많다고, 하루는 아버지를 만난다고.

백환이 액자들을 기어이 집어 들고 나갔다. 방 밖으로 옮기기엔 많은 양이었다. 안류지는 액자들을 베란다에 갖다 두는 백환을 말없이 쏘아봤다.

"환아. 지금 TV에서 나오는 노래 좋다. 저기 나오는 제목이 뭐니? 내가 눈이 잘 안 보여서."

"글쎄요. 안경을 안 껴서. 전 이것 좀 먼저 옮길게요."

방에서 나온 안류지가 노래 제목을 보려고 했지만, 무대엔 이미 다른 가수들이 나와 있었다. 아까 들은 멜로디가 익숙했는데, 그룹 이름이 잘 떠오르지 않았다. 방과 베란다를 오가던 백환이 나지막이 한숨을 내쉬었다.

"환아. 내가 괜히 와서 번거롭게 하네."

"아니에요. 다 끝났어요."

안류지는 베란다에 켜켜이 포개진 그의 사진들을 쳐다봤다. 검은색과 흰색 사이만 오가는 이미지였다. 다른 색은 없었다. 안류지는 흑백 사진만 찍는 백환이 예전부터 자신과 자신의 일을 깊이 멸시하고 있었던 게 아닌지 의문스러웠다.

블랙

백환과 자신의 매칭 성공률, 커플 만족도 예상 수치는 88BG로 다른 배색에 비해 꽤 높은 편이었다. 하지만 안류지는 그 수치가 미심쩍다고 생각했다. 백환과 내가 잘 맞는 연인이었나. 어쩌면 우리는 통계에만 기댄 채 실제로 새어 나오는 불협화음은 못들은 척해서 2년 넘게 사귈 수 있었던 게 아닐까.

"이 통은 베란다에 잠깐 둬야 할 것 같은데요. 냉장고에 들어갈 틈이 없어서."

"내가 하나만 갖고 올걸. 둘이 먹으면 얼마나 먹는다고. 한 통은 도로 가져갈까 봐."

안류지는 이마에 손을 얹고 엄마를 돌아봤다. 주눅이 든 것처럼 말해 봤자 그냥 하는 소리일 것이다. 형편과 관계없이 엄마의 취향은 까다롭고 섬세했다. 가세가 기울었는데도 집엔 고가의 선물이 쌓여 있었다. 엄마의 수많은 애인이 엄마를 떠받들었다. 하지만 평생 누구 옆에도, 어디에도 정착하지 못한 엄마에게선 언제나 쓸쓸한 기운이 감돌았다.

안류지는 엄마의 블랙 뱅글을 내려다봤다. 검정은 뱅글러 대다수가 선호하는 매력적인 색이었지만 지금은 어쩐지 다 타 버린 숯 색으로 보였다. 그에 비해 백환의 베이지 우드 뱅글은 양지바른 곳에서 자라나는 나무 빛깔처럼 싱그러워 보였다. 눈을 돌리던 안류지는 엄마의 남색 스타킹을 보고 입을 꽉 다물었다. 올이 나간 가느다란 자리로 살이 드러나 보였다. 언뜻 봐도 고급 모직인 치마 끝자락엔 보풀 뭉치가 붙어 있었다. 현관 앞으로 간 안류지가 타일 바닥으로 시선을 내렸다. 엄마의 구두 앞코도 구깃 구깃했다. 전부 전에 비해 남루한 모양새였다. 무거운 걸 들고 오느라 쓸렸나. 아니면 집주인의 월세 독촉이 성가셔 여기 온 건가.

안류지는 전에 엄마에게 여기서 같이 지내자고 한 적이 있었다. 가임기 여성이 아닌 엄마와 지내면 컬러 하우스 거주 연장에 불리한 건 알지만, 그래도 엄마가 걱정돼 꺼낸 말이었다. 엄마는 제안을 바로 거절했다. 유유자적 호쾌하게, 아무 고민 없다는 듯이.

"왜? 도저히 안 되겠어? 엄마가 만나는 남자들 때문에 곤란해?"

"류지야. 내 연애 사업은 내가 알아서 해."

엄마는 질문이 가소롭다는 듯 부드럽게 웃었다. 혼자만 우아하고 가볍게. 해결을 미루고 문제를 피해 가면서. 안류지는 현관에서 등을 돌렸다. 그래도 여기까지 온 엄마를 일단 아무렇지 않게 대해야 했다. 그러자면 연기가 필요했다. 짜증을 숨기지 못하는 딸 역. 생각 없이 쉽게 투덜대는 외동딸 역.

"김치가 얼마나 비싼데. 다 먹을 거니까 여기 둬. 알잖아. 나 신김치도 좋아해. 환이도 잘 먹고. 엄마만 비위가 약해. 하여간 깔끔한 척은 혼자 한다니까."

블랙

안류지는 엄마에 대한 반발심으로 자신이 수많은 욕구를 억누르고 있는 게 아닌지, 단 포도를 신 포도로 속단하는 게 아닌지 항상 의심스러웠다. 한눈에 반한 것, 태어나 처음 보는 것, 돌아서도 계속 떠오르는 것. 그런 뭔가를 곁에 두고 싶을 때마다 머릿속에서 자신의 메마른 목소리가 들리곤 했다. 잘못 본 거야. 저런 건 또 있어. 가지고 나면 얼마 안 가 싫증날 텐데.

안류지는 자신을 설레게 하는 사람을 보면 금세 체념했다. 이골이 난 일이었고 방법은 쉬웠다. 그 사람 뒤에 문제투성이 가족들을 가상으로 세워 두고, 그들이 만든 어망 같은 갈등에 끼인 채 누구의 도움도 받지 못하는 자신의 모습을 상상하면 끝이었다. 생활비 한 번을 내지 않으면서 목소리만 큰 아버지, 매일 남 탓을 하지 않으면 견디지 못하는 어머니, 이기적인 형제, 고집 센 자매, 선을 마구 넘는 친척. 문제야 지어내면 그만이었고 뻔한 설정도 괜찮았다. 그러면 더 미련이 생기지 않았다. 그 사람의 매력은 점차 빛을 잃어 갔다. 마음을 완전히 접고 나면 머릿속 메마른 목소리가 다시 울렸다. 그래, 잘했어. 욕심을 내는 건 추한 거야. 열네 살의 네가 그날 직접 봤잖아. 안류지는 그런 식으로 포기한 사람들을 하나둘 꼽아 보려다가 관두었다. 모두 텅 빈 링에서 혼자 비루하게 휘두른 주먹질이었다.

"벌써 가시게요?"

"너희 얼굴 봤으면 됐지. 둘이 잘 지내."

지체 없이 구두를 신은 도해경이 물었다.

"우리 셋이 그럼 봄에나 다시 보는 건가? 엄마가 생일 턱으로 너희들 맛있는 거 사 줄게."

"아, 저는 작업 일정이 있어서요."

안류지는 백환을 힐금거렸다. 몇 달 뒤인 3월 스케줄이 바로 튀어나오다니. 언제인지는 알고 거절하는 건가. 작년 엄마 생일에도 백환은 시간이 안 된다고 했는데.

"그래, 그래. 아쉽지만 딸이랑 오붓하게 만나면 되지. 안류지, 엄마 생일에 시간 비워 줘."

"엄마. 오늘 저녁이라도 같이 먹어. 오랜만에 왔는데."

"나도 일정 있거든. 신곡 연습. 노래 교실 수업이 만만한 게 아니거든요. 너희도 얼른 쉬어. 나오지 말고."

컬러 하우스 복도에 선 안류지는 정원을 빠져나가는 엄마를 지켜봤다. 짐이 없는 엄마는 한결 홀가분해 보였다. 김치 두 통을 들고 카페에 들어섰을 엄마, 자신에게 전화 한 통도 쉽게 하지 못한 엄마를 생각하니 눈앞이 어지러웠다. 그래도 엄마를 불러 세워 손 흔드는 모습까지 보여 주고 싶진 않았다. 그

블랙

럼 누구의 눈에라도 다정하고 살가운 모녀처럼 보일 것이다. 사랑을 주고받는 게 자연스러운 엄마와 딸 사이로.

엄마가 다녀간 날 이후로 백환은 뭘 하고 돌아다니는지 분주해 보였다. 전에는 매사에 나른하고 무덤덤했던 그가 전화를 나가서 받고 노트북에 비밀번호를 걸고 자동차 내비게이션과 블랙박스 기록을 지우고 있었다. 안류지는 백환이 차츰 달라지기 시작한 게 자신이 그의 발등을 유심히 본 순간부터일지 모른다고 생각했다. 마트에서 백환은 그의 걸음걸이를 살피는 자신의 눈길을 분명히 알아챘다.

그렇다고 대놓고 공사장 사건에 대해 캐물을 순 없었다. 다른 사람을 만난 적 있는지 묻고 싶었지만 그 말 역시 꺼림칙했다. 최대한 표 나지 않게 떠봐야 할까. 나와 지내는 동안 다른 사람에게 관심이 생긴 적은 없었냐고.

안류지는 자신이 백환과의 이별을 기다리고 있는 건지, 겁내고 있는 건지 분별할 수 없었다. 확실한 건 그와의 사이가 점점 벌어지고 있다는 사실, 백환에 대한 의심이 커지고 있다는 사실, 이 두 가지였다. 리스크 관리 팀 회의가 끝난 후 안류지는 휴대폰 바탕 화면을 뚫어지게 들여다봤다. 불과 한 해 전, 자신과 백환이 지었던 미소는 그늘 한 점 없이 맑아 보였다.

"신기하네. 오래 만나도, 매일 봐도 그리워? 그렇게 좋아?"

동료의 말에 소스라치게 놀란 안류지가 휴대폰을 뒤집었다.

"아니, 그냥 같이 지내는 거지."

괜한 대답이었다. 그냥, 어쩌다 보니, 별 느낌 없이 오래 보는 사람. 백환이 정말 그런 연인일까. 동료가 위로라도 하듯 어깨를 툭툭 치고 지나갔다. 그냥 같이 지낸다고 말하고 나니, 백환이 사랑하는 사람이 아니라 사랑했던 사람처럼 느껴졌다.

잠드는 시간이 조금씩 늦춰졌다. 새벽에 자다 깨는 일이 늘어났다. 안류지는 공사장 사건의 윤곽을 혼자 띄엄띄엄 더듬어 갔다. 죽은 교수에 대한 정보를 계속 검색하던 안류지는 눈을 비비며 거실로 나갔다. 진한 커피가 필요했다. 포털 사이트엔 이미 아는 내용이 많았다.

커피 잔을 만지작거리던 안류지가 문득 스친 생각에 자기도 모르게 입을 벌렸다. 오래 써서 때가 지워지지 않는 잔 표면엔 졸업한 대학 로고가 있었다. 너무 자주 봐서 아무 감흥이 없던 로고였다. 모교 홈페이지에 들어간 안류지는 예전 노트를 뒤져 로그인용 학번을 찾아냈다. 그러고는 사건 직후에 게시

블랙

된 익명 게시판 글들을 전부 살피기 시작했다.

- 죽은 교수가 학부생들이랑 계속 사귀었다며. 와이프가 조교 시절부터 참았다는데?

- 다 헛소문이야. 그 교수 젠틀하기만 했거든. 지금 교수들 꼴을 봐라. 그 사람이 제일 멀쩡했지.

- 거의 위장 결혼이었다는데. 내 동기가 봤대. 빈 강의실에서 둘이 소리 지르면서 싸우는 거.

- 얘들아. 이런 루머는 고인에 대한 모욕 아니야? 너네 IP 추적당하면 어쩌려고.

게시판에 남은 기록들은 격하고 피상적이었지만, 안류지가 경찰서에서 알게 된 대외비와 일치하는 주장도 많았다.

- 오늘은 늦게 도착할 듯. 촬영이 길어지네.

'오늘은'? '오늘도' 아니야? 고개를 저은 안류지는 백환의 문자에 빠르게 답장했다.

- 알겠어. 장은 내가 볼게. 조심히 와.

고맙다는 답이나 저녁은 먹었냐는 물음은 없었다. 다회용 비닐 백을 챙긴 안류지가 혼자 컬러 하우스를 나섰다.

안류지는 마트를 돌며 샘플 섬유 향수를 옷에 마구 뿌렸다. 시식용 음식들을 두 번씩 맛봤다. 비치된

냅킨 여러 장을 가방에 넣었다. 전부 백환이 못마땅해했던 행동이었다. 절차가 조잡하긴 하지만, 안류지에겐 이게 합법적인 선 안에서 스트레스를 푸는 방식이었다. 바에 얼음이 떨어져 마트에 온 장은조는 안류지를 보고 멈춰 섰다. 마음에 든 섬유 향수를 다시 집어 들었던 안류지가 그대로 장은조에게 다가갔다.

"은조 씨. 여기서 또 보네요. 근처 사신다고 했는데, 가깝나 보다."

고개를 끄덕인 장은조가 안류지가 든 물건을 쳐다봤다. 안류지가 향수를 들어 올리며 말했다.

"우리 이거 사서 나눌래요? 1+1인데 용량이 좀 커서요. 향은 좋아요. 저기 가서 샘플 한번 써 보실래요?"

또 말이 줄줄 나오고 있었다. 밝고 유쾌한 사람처럼 굴고 있었다. 일부러 그러는 건 아니었는데, 장은조를 만나면 자신에게 있는 줄도 몰랐던 채도와 명도가 곧바로 높아지고 말았다.

"아, 류지 씨. 이거 제가 살게요. 안 그래도 사려고 했는데 저도 두 개까진 필요 없어요."
"왜요? 같이 반반씩 내야죠."

계산대를 통과한 둘은 향수를 나눠 가졌다. 계좌번호를 계속 물어보는 안류지에게 장은조가 손사래

블랙

를 쳤다. 소소한 실랑이를 벌이던 두 사람은 서로의
티타늄 화이트 뱅글을 쳐다봤다. 장은조 곁에 다가
선 안류지가 작은 목소리로 물었다.

"이 모조품, 팝업스토어 행사 때도 손님들이 귀찮
게 할까 봐 차고 있었던 거죠?"

놀란 장은조가 손을 뒤로 뺐다. 안류지가 곧바로
자신의 손목을 흔들었다.

"제 것도 가짜예요. 근데 이 색이 제일 편하지 않
아요? 아무도 못 오게 하니까."

안류지의 손목을 보던 장은조가 나지막하게 물
었다.

"저기요, 류지 씨. 향수값 말고 다른 걸 줄래요?"
"어떤 거요?"
"시간. 저랑 한잔 마실 시간이요."

눈을 크게 뜬 안류지가 장은조의 팔짱을 꼈다.

"근데 류지 씨는 팔짱을 원래 이렇게 자주 껴요?"
"어? 제가 또 그랬어요?"
"아주 상습적인데."

안류지는 장은조에게 더 가까이 붙어 섰다. 동네
이웃과의 술자리. 무비 나이트에서 지루한 영화를
볼 때마다, 백환과의 사이가 삐걱거릴 때마다 절실
히 원했던 시간이었다. 똑같은 가짜 뱅글을 찬 장은

조와 자신에겐 묘한 교집합이 생긴 것 같았다.

장은조가 일한다는 2층의 바는 마트 부근에 있었
다. 어두컴컴한 실내에선 멜론과 패츌리 향이 은은
하게 풍겼다. 바닥은 푹신했고 테이블과 의자는 값
비싼 원목으로 만들어진 듯했다. 사장은 두 사람에
게 위스키를 내주며 돈은 받지 않겠다고 너스레를
떨었다. 사장을 향해 손뼉을 친 안류지가 술을 한 모
금 삼켰다. 입 안 가득 오래된 나무껍질 맛이 번졌
다. 목젖부터 명치까지 따스한 기운이 돌자 긴장이
한결 풀렸다.

"샘플 쓰고, 시식용 음식 두 번씩 먹고, 휴지 챙기
고. 떳떳한 짓은 아니지만 다른 매장에서는 그렇
게 안 하거든요. 대기업 매장에서만 그러는데 남
자 친구는 이해하기 어렵대요. 아주 진저리를 쳐
요. 그때 카페에서 본 게요."
"류지 씨는 경제관념이 투철한가 보네요. 아끼면
좋죠, 뭐."

안류지의 말과 표정을 유심히 살피던 장은조는
자신이 경계심 없는 미소를 짓고 있다는 사실을 깨
달았다. 그리고 그건 아마 자신이 안류지를 오래 관
찰했기 때문일 거라고 생각했다. 두 사람의 빈 잔을
본 사장이 병을 통째로 내밀었다.

"어제 손님 미어터지게 왔던 기념으로."

블랙

"내가 살게. 아까 마신 잔술만 서비스로 해 줘."

안류지는 사장에게 스스럼없이 반말을 쓰는 장은
조를 슬쩍 쳐다봤다. 흐트러진 모습을 본 적이 없었
는데, 어디에도 틈이 없다고 여겼는데 매번 그렇진
않은 듯했다.

"은조야. 줄 때 받아라. 나 오늘 주식 폭등했어."
"아, 그럼 견과류랑 치즈 좀 내와 봐. 폭락 전에 시
켜야지."
"오케이. 아끼지 말자고. 사랑도 안주도 술도."
"으, 뭐래? 라임은 왜 맞춰?"

접시를 내려 둔 사장이 자리를 뜨자 둘의 대화는
더 길어졌다.

"요샌 오피스텔보다 여기서 더 오래 지내요. 집
계약이 끝나 가서 심란한데, 그럴 땐 저기 비품실
매트리스가 편하거든요."
"그렇구나. 이제 이사 준비하시려면 바쁘시겠어요."

가벼운 일상으로 시작한 이야기는 얼마 안 가 각
자의 치부 고백으로 이어졌다. 술병이 거의 비워졌
을 무렵 장은조가 전세보증금을 가로채 달아난 아
버지에 대해 말했다. 안류지는 연애를 쉰 적 없는 어
머니에 대해 말했다.

"그래도 한 아저씨는 친절하고 괜찮은 사람이었
는데 엄마 마음에 안 찼는지 오래 못 가더라고요.

그 사람, 차이고도 집 앞에 자주 왔어요. 나한테 비빔밥도 사 주고 칼국수도 사 주고. 우리 동네 맛집을 그 아저씨 덕분에 알았다니까요?"

장은조가 잔을 매만지며 물었다.

"모르는 성인 남자를 그렇게 따른 거예요? 위험하게?"

"그래서 엄마가 더 화를 냈죠. 좋은 사람이니까 잘 헤어지고 싶어서. 나는 솔직히 엄마가 그 아저씨랑 살았으면 했거든요. 틈날 때만 왔다 갔다 하는 옹졸한 놈들이랑 달랐어. 그 사람은 진짜 마음을 다 쓰는 것 같았거든."

안류지는 서너 알의 캐슈너트를 한꺼번에 집어 먹었다. 따뜻한 바에 머무는 시간이 길어질수록 말이 짧아지고 턱관절이 느릿느릿 움직였다.

"근데 엄마가 그 사람이 자식 있는 유부남이라는 거예요. 그러니까 찾아오는 대로 만나 버릇하고 아빠라고 부르면 안 된다고. 웃기지 않아요? 자기가 이미 그 집을 쑥대밭으로 만들었으면서."

독주 때문인지, 조명 때문인지 장은조의 표정은 어둑해 보였다. 안류지는 불편한 듯 편한 장은조를 정신없이 쳐다봤다. 그리고 장은조 뒤편에 가상의 가족들을 하나둘 세워 보기 시작했다.

잘 들어갔어요? 전 곧 퇴근해요. 이 문자는 언제

블랙

든 해장술 무료 쿠폰으로 쓰세요. 가게 키는 저한테
있으니 제 마음입니다.

문자를 몇 번이고 읽은 안류지는 일어나 점퍼를
입었다. 바에서 집에 온 지 네 시간 만에 다시 외출
하는 것이지만, 몸은 가뿐하기만 했다. 답장하는 대
신 직접 가는 편이 더 나을 것 같았다. 컬러 하우스
를 나오자마자 걸음이 빨라졌다.

바의 문 앞에 서니 장은조가 집에 간 건 아닌지
조바심이 났다. 너무 꾸물거린 걸까. 아무래도 답을
먼저 보낼 걸 그랬나. 휴대폰을 꺼내려는 찰나 문이
열렸다. 장은조가 안류지의 어깨에 한 손을 올리려
다 말았다.

"해가 아직 안 떴는데도 와 줬네요. 이 아가씨가
겁도 없이."

안류지는 그제야 밖이 컴컴하다는 사실을 알아차
렸다.

"제가 도착한 건 어떻게 알았어요?"
"그냥 느낌으로요?"

장은조는 창가에서 안류지를 바라봤다고 말하지
않았다. 경보 선수처럼 걸어오는 모습을 보고 웃음
이 새어 나왔다고 말하지 않았다. 널 항상 지켜보고
있다는 말은 꿈에서라도 튀어나오면 안 됐다.

바에 나란히 앉은 두 사람은 도수가 높은 칵테일을 홀짝였다. 술이 덜 깬 안류지는 지금의 상태가 제정신일 때보다 훨씬 나은 것 같다고 생각했다. 무슨 말도 겸연쩍지 않았다. 장은조의 눈을 어색해하지 않으면서 볼 수도 있었다. 연일 인기가 치솟는 드라마 얘기가 오갔다. 엉성한 로맨스라고, 각본이 무성의하다고 투덜거린 안류지가 배우 흉내를 냈다. 장은조가 자신의 허벅지를 치며 크게 웃었다. 들뜬 안류지는 겉멋만 든 발라드 가수 흉내도 냈다. 장은조는 테이블에 쓰러져 웃었다. 폭소와 기침이 멎지 않았다. 물을 따르다 만 안류지가 장은조의 등을 두드렸다. 얼굴을 감싸 쥐고 있던 장은조가 말했다.

"나가요. 같이 나가요. 우리가 할 일이 있거든요."

장은조는 가게 계단에 둔 페인트 통을 들어 올린 후 안류지를 향해 윙크했다. 안류지는 콧잔등을 찌푸린 장은조의 얼굴이 아주 오래 기억될 것 같다고 생각했다.

세상은 고요했고 둘의 시간은 멈춘 듯했다. 두 사람은 폐점포 거리의 좁은 골목 한 면을 흑색으로 만들었다. 처음엔 눈치를 보던 안류지는 어느새 빈 페인트 통을 들고 있었다. 장은조가 소리쳤다.

"컬러 필드 짜증 나."

안류지도 따라 외쳤다.

블랙

"컬러 필드 짜증 나. 컬러 필드 꺼져."

둘은 컬러 필드를 마음껏 욕했다. 겨울 주말 아침, 창문을 열고 화내는 사람은 없었다. 빈 점포가 즐비한 길이었다. 장은조가 골목을 내달리며 웃었다. 내일이 없는 것처럼 구는 장은조는 활기차 보이기도, 스산해 보이기도 했다. 안류지는 장은조라는 사람이 점점 궁금해졌다. 알게 된 것은 아직 적고, 알고 싶은 것은 무수했다.

집에 돌아와 화장실 불이 켜져 있는 걸 본 안류지는 옷을 갈아입고 소파에 누웠다. 피곤하지도, 고되지도 않았다. 하지만 늘어난 티셔츠와 수면 바지를 만지작거리자 밤과 새벽, 두 번의 데이트가 혼자 꾼 꿈처럼 느껴졌다. 화장실에서 나온 백환이 칫솔을 입에 넣고는 물었다.

"언제 왔어? 아까 촬영 끝내고 오니까 집에 없던데."
"진짜 늦게 왔네. 난 산책했어. 잠이 안 와서."
"근데 이 치약 뭐야? 너무 맵잖아."
"조금만 짜면 되지. 난 괜찮던데."

거실용 슬리퍼를 신은 채 세면대로 뛰어간 백환이 입을 오래 헹구고 나왔다.

"40% 할인을 그냥 하는 게 아니라니까. 다 이유가 있으니까 떨이로 팔지."

백환은 치약을 시작으로 안류지가 고른 물건들을 하나하나 지적했다. 안류지의 수면 바지를 본 그가 이젠 졌다는 듯 양손을 들어 올렸다. 표정에 날이 서 있었다.

"너 그 바지 몇 년 입었어? 터진 거 안 보여? 아. 넌더리가 난다, 넌더리가."

안류지는 백환을 지켜보다 입을 열었다. 언젠가 는 꼭 했어야 할 질문이었다.

"환아. 너는 왜 나랑 만나? 컬러 필드에 살면서 왜 다른 사람과 안 사귀어?"

"무슨 말이 하고 싶은데? 네가 좋으니까 만나지."

"그게 좋아하는 사람한테 쓰는 말투야? 떼어 내 고 싶은 사람한테 쓰는 말투 아니고?"

"아무리 길어도 평균 2년. 너도 알잖아. 상대방에 게 설레는 기간은 영원하지 않아. 영원하면 아픈 거고."

"아프다니?"

"도파민이 계속 나오는 게 정상이야? 도파민 다 음엔 옥시토신, 여름 다음엔 가을. 이게 이치야. 다들 호르몬에 맞춰 지내."

안류지는 백환의 답이 자신의 궁상보다 허름하게 느껴졌다. 그동안 뭐든 아끼던 나 때문에 백환마저 감정을 아끼게 된 걸까. 이렇게까지 가능성을 줄이 고 줄여 얻는 게 뭔데.

블랙

"내가 다른 사람이랑 못 만날 것 같아?"

"네가? 치약 하나도 마음대로 못 사는 네가?"

실눈을 뜨고 손의 물기를 털어 낸 백환이 다시 입을 열었다.

"안 되는 건 안 되는 거야. 희망 성격이란 말 들어 봤지? 진짜 성격이 아니라 되고 싶은 성격. 류지, 네가 원하는 건 그런 거야."

"여긴 컬러 필드야. 언제든 누구든 만날 수 있는."

"그건 너희 회사 생각이지."

백환의 목소리가 커졌다.

"내 생각에 사람은 사실 늘 같은 트랙을 돌고 있을 뿐이야. 그렇게까지 넓고 복잡한 존재가 아니라고. 끝없이 갱신한다? 나날이 확장한다? 그럴 수 없어."

안류지가 눈을 빠르게 깜빡였다. 인간의 호르몬 변화. 어차피 기한이 있는 애정. 듣고 싶던 답이 아니었다. 별수 있니? 도리가 있어? 그러니까 이렇게 지내면 돼. 네가 아니면 안 된다는 말이 아니라, 너를 알게 될수록 더 알고 싶어진다는 말이 아니라, 인간의 마음은 어쩔 수 없이 시든다는 말을 하는 백환 앞에서 안류지는 기운이 빠졌다.

"환아. 아니야. 우리 빼고 다 다른 트랙을 도는데?"

백환이 한참 만에 입을 열었다.

"라면이나 먹자. 네가 좋아하는 제일 싼 걸로. 설거지는 꼭 할 테니까 좀 끓여 줄래? 이 닦고 자려고 했는데 배고프다."

백환은 안류지의 답을 기다리지 않고 방에 들어갔다. 거실에 남겨진 안류지는 한 사람을 오래 떠올렸다. 진짜 뱅글 색이 무엇인지 알고 싶어지게 하는 사람. 자신과 같은 가짜 뱅글을 찬 사람.

컬러 하우스 복도는 바깥보다 냉랭했다. 다회용 비닐 백에 든 라면은 백환의 말대로 제일 싼 제품이었다. 오기가 나서 다른 라면을 집으려고 했지만, 결국 콩나물과 싼 라면에 손이 갔다. 자신이 라면을 고른 게 아니라 라면이 자신을 고른 것 같았다. 술기운이 옅어지자 입가의 미소도 흐릿해졌다. 집에 들어서려던 안류지는 현관 손잡이에 비닐 백을 걸어 두고 우뚝 멈춰 섰다. 귓속에서 날카로운 고음이 울렸다. 백환이 했던 말, 아까는 그 허름한 말이 어딘가 익숙하다고만 생각했다. 평균 2년. 도파민과 옥시토신. 여름과 가을. 그건 라디오나 뉴스, 책이나 영화에서 접했던 얘기가 아니었다. 이명이 잦아들자 안류지는 눈을 크게 떴다. 학교에서 들은 말이다. 죽은 심리학과 교수가 수업 시간에 했던 말.

이제 돌아갈 길은 보이지 않았다. 안류지는 잠들

블랙

어 있던 백환을 흔들어 깨웠다. 터무니없는 의심을 한 것이라 해도 상관없었다.

"대답해 봐. 너, 나 만나는 동안 다른 사람 만난 적 없어?"

백환이 솔직히 말한다면 대화를 풀어 나갈 수 있을지 모른다. 하지만 몸을 일으킨 백환은 기가 찬 표정으로 되물었다.

"너 새벽에 산책한 거 아니지? 어디 다녀왔는데? 뭘 하고 다녔길래 아직도 이렇게 술 냄새가 나는데?"

움찔한 안류지가 숨을 들이마셨다.

"너나 장은조, 그 여자랑 가까이 지내지 마."

장은조를 만나고 온 걸 그가 어떻게 알았을까.

"그 사람 이름이 왜 바로 나와?"
"아, 네가 자주 얘기했잖아. 게다가 네 주변에 바텐더가 그 사람 말고 또 있어?

안류지는 자신이 장은조에 대한 말을 그에게 정말 자주 했는지 의심스러웠다. 하지만 지금은 의심의 방향을 다른 곳으로 틀어야 했다. 틈을 주지 않고 질문해, 없어진 퍼즐 조각을 찾아내야 했다.

"11월 출사 때, 무슨 사진 찍었어? 보여 줘 봐."
"무슨 사진. 그때 건 마음에 드는 게 없어서 다 지웠어."

"그럼 뱅글은? 그날 데이터 봐 봐. 위치랑 바디 캠 기록."

"너 왜 이래? 뭐가 마음에 안 들면 그냥 마음에 안 든다고 해. 사람 기분 더럽게 하지 말고."

"그러니까 데이터 보여 주면 되잖아."

"신변 보호 기능은 나한테 필요가 없어. 배터리 아끼려고, 너처럼 뭐든 아끼려고 꺼 두고 다닌다. 몰랐어? 확인해 볼래?"

안류지와 백환 사이에 정적이 흘렀다. 이불 밖으로 나온 백환이 안류지를 등지고 말했다.

"다른 사람 만난 적 없냐, 뱅글 데이터를 보여 줘라. 안류지. 네가 뭘 의심하는지 모르겠는데, 우리가 끝난 건 맞는 것 같네."

몸을 돌린 백환은 안류지를 오랫동안 쳐다봤다.

"류지야. 그만 헤어지자."

짐을 대충 챙긴 백환이 현관 앞에 섰다. 안류지는 그를 따라나설 수도, 잡아 세울 수도 없었다. 백환을 달래고 싶었지만, 그보다 겁이 나는 마음이 더 컸다. 발소리가 멀어진 지 몇 분이 지났을까. 장은조에게 가서 방금 일어난 일을 전부 말하고 싶다고 느낀 순간, 안류지는 소파 아래 몸을 웅크렸다. 자신이 이렇게까지 잔인하고 맹목적인 사람이라는 사실을 전엔 알지 못했기 때문이었다. 어쩌면 장은조의 바에 처

블랙

음 갔던 날부터 이 장면을 예감하고 있었는지도 몰랐다. 그때 안류지는 장은조의 뒷모습을 보며 바 계단을 오르는 동안 분명히 생각했다. 나는 지금 동네 이웃과의 술자리를 기대하는 척 굴고 있다고. 하지만 장은조는 그저 이웃이라고 부를 수만은 없는 사람일지도 모른다고. 식탁 위의 라면과 콩나물을 본 안류지가 무릎 사이에 얼굴을 파묻었다. 백환의 말대로 바지 한가운데에 커다란 구멍이 보였다.

보름 후 안류지는 바가 올려다보이는 건물 앞에 섰다. 퇴근길에 아무 계획도 없이 온 곳이었다.

"오랜만이네요, 류지 씨."

안류지는 장은조가 내준 마티니를 입에 대지 않고 물었다. 취기 섞인 말로 들린다면 곤란했다.

"이사할 집 정했어요?"

어깨를 들어 올린 장은조가 고개를 저었다.

"혹시 괜찮으면, 저랑 지내면서 여유 있게 구해볼래요?"

안류지는 자신의 제안이 호기심, 고마움, 안전에 대한 갈구, 컬러 필드 입주민다운 생활에 대한 갈증이 뒤섞인 감정에서 비롯되었을 거라 애써 생각했다. 지금은 어떤 것의 비중이 가장 큰지 골라낼 수 없었다.

"류지 씨, 남자 친구랑 같이 산다면서요."

"얼마 전에 헤어졌어요."

"아, 바로 환승? 그럼 오늘부터 같이 살래요?"

장은조가 턱을 괴고 웃었다. 눈동자에 장난기가 가득했다.

"농담 아닌데. 안 내키면 오지 마요. 올 거면 부담 없이 오고."

다리를 떨던 안류지가 장은조에게 컬러 하우스 주소와 출입구 비밀번호를 전송했다. 장은조가 휴대폰을 집자, 안류지가 의자에서 일어났다. 자신이 무슨 말을 한 건지, 어떤 표정을 짓고 있는지 알고 싶지 않았다.

현관 벨은 그날 밤 울렸다. 캐리어를 든 장은조가 문 앞에 서 있었다.

"이사한다니까 사장이 며칠 쉬라고…"

안류지가 장은조의 입술에 자신의 입술을 포갰다. 침대 위에 누운 두 사람은 서로의 옷을 벗었다. 안류지의 배에 입을 맞춘 장은조가 아래로 천천히 내려갔다. 안류지는 그의 어깨를 잡아 위로 끌어 올렸다.

"왜요? 불편해요?"

장은조가 안류지의 손을 내려다봤다. 자신의 어

블랙

깨에서 양 팔꿈치로 내려온 두 손에서 아직도 억센 힘이 느껴졌다. 장은조는 안류지의 얼굴을 자세히 살폈다. 굳은 입매, 불안한 시선, 흔들리는 생각. 안류지는 뭔가를 기꺼이 받는 데 서툰 사람 같았다. 자의식을 끄고 만끽할 줄 몰랐다.

"준비가 안 됐어요. 배에 복근 생기고, 허벅지 근육도 쫙 갈라진 다음이어야 하는데."

불필요한 웃음, 긴장한 티가 역력한 목소리. 안류지는 즉흥적으로 굴면서도 불쑥불쑥 자기검열에 시달리는 사람이었다. 뭐든 참고 절제하려는 강박이 심하고 그런 자신에게 다시 염증을 느낀다. 창밖으로 보던 안류지와 눈앞에서 보는 안류지는 닮은 듯 다른 사람이었다.

"팔까지 너무 말랑말랑하죠?"

장은조는 안류지에게서 몸을 뗐다. 어색한 상황을 모면하려는 안류지의 노력이 상황 자체보다 더 부자연스러웠다. 장은조도 불필요한 웃음을 섞어 말했다.

"뭐야, 패기만 가득하고."

안류지가 이불을 코까지 끌어 올렸다. 모든 게 기대와 달랐다. 알게 된 지 얼마 안 된 사람이니까 당연해. 그런데 알게 된 지 얼마 안 된 사람과 덜컥 함께 살기로 한 건 너무 대범한 결정 아니었을까. 안류지가 천장을 보며 물었다.

"은조 씨, 우리 잠들 때까지만 말 놓을까요?"
"싫은데?"

미소를 지은 안류지가 말했다.

"사실은 팝업 행사 때 널 보고 그냥 굳었어. 잘생긴 여자가 칵테일을 만들고 있는데 누가 안 반해. 그런 건 나라에서 금지를 시키든가 해야지."

장은조는 그래서 날 쳐다보고 있었던 거냐고 묻지 않았다. 탈을 벗은 널 보고 자신 역시 굳었다고 말하지 않았다. 구김살 없을 것 같던 네가 실제로는 애틋해 보였다는 소릴 할 수 없었다. 염탐이 점점 염려로 번져 나갔다고 고백할 수 없었다. 장은조는 안류지의 볼을 조심스럽게 감쌌다.

"맞혀 볼게. 너란 사람은."
"응?"
"용감한 쫄보야. 대범한데 겁이 많고, 소심한데 과감해."
"오, 더 해 봐."
"사실은 호기심이 많아. 의욕이 넘치고 의심도 많지."
"또."
"사실은 강하고 넓어."

안류지가 잠들자, 장은조는 조용히 거실로 나와 소파에 누웠다.

블랙

식탁엔 컵 두 개가 놓여 있었다. 장은조가 인덕션 버튼을 누르고 물었다.

"잘 잤어요?"

눈을 비비던 안류지가 피식 웃었다. 다시 듣는 존 댓말이 너무 온건하게 느껴졌다. 장은조가 두유를 따랐다. 컵 위로 피어오른 김이 포근해 보였다. 지금 일어난 자신에게 따뜻한 음료를 바로 내주다니, 이 사람은 나의 자잘한 기적에도 귀를 기울인 것일까. 안류지가 한 걸음 다가서자, 장은조가 한 걸음 물러났다. 자세히 보니 얼굴이 퀭했다. 아무래도 밤새 한 숨도 못 잔 것 같았다.

"제가 이 집에 너무 성급히 왔나 봐요."
"왜 그런 소리를 해요?"
"류지 씨는 남자 친구랑 오래 사귀어서, 아무래도 생각할 시간이 필요할 텐데."
"아뇨. 전 요새 다른 생각 때문에 정신이 없어요."

새 관계가 낯설고 혼란스럽다고 말하면 장은조가 상처받을 게 분명했다. 안류지는 머릿속 수면 위에 늘 떠 있는 공사장 사건에 대해 운을 떼기로 했다.

"컬러 필드 생각이요."

가장 밑바닥의 고민을 말하지 못하는 데에는 이유가 있었다. 백환과 백환을 의심하는 자신은 너무 어둡고 축축했다. 수면 아래의, 나쁜 냄새가 나는 끈끈한 부유물을 건져 장은조에게 내보일 수 없었다. 두유를 홀짝인 안류지가 말했다.

"은조 씨도 알죠? 우울증을 앓고 있다는 교수 아내. 저는 사실 그 여자 심정이 조금은 이해되거든요."

"생각보다 급진적인 사람이구나, 류지 씨. 사람이 우울하다고 사람을 죽이진 않죠."

"죄를 감싸는 건 아니에요. 그런데 그 여자는 컬러필드 바깥에 살았으니까요. 평생 한 사람, 남편과 사는 게 옳다고 믿으면서. 그러니 오랫동안 배신감과 상실감에 시달렸을 거예요."

"배신감, 상실감."

안류지가 고른 단어들을 곱씹어 뱉은 장은조는 의자를 뒤로 천천히 밀었다.

"제가 현장에 직접 가 봤거든요. 경찰서에서 그 여자도 잠깐 만났어요."

자리에서 일어서려던 장은조가 자세를 고쳐 앉았다.

"아직 아무한테도 말한 적 없는데요. 전 그 여자가 범인이 아닌 것 같아요."

장은조가 컵을 세게 쥐고는 물었다.

"아닌 것 같다? 그럼 진범이 따로 있다는 소리인가요?"

"확신하진 못해요. 근데 어딘가에 있겠죠. 매일 안도하고 매일 불안해하면서."

블랙

"류지 씨. 그날 하루가 어땠는지 말해 줄 수 있어요? 많이 힘들었을 텐데."

그날 하루, 그날 일정. 안류지는 유난히 스산하고 길었던 그날을 떠올렸다. 그러자 장은조에게 할 수 있는 말이 훅훅 줄어들었다. 생각을 마쳤을 즈음엔 따뜻한 두유를 준비해 준 새 애인에게 닿을 얘기랄 건 아무것도 남아 있지 않았다.

"근데 거실엔 언제 나온 거예요? 잠은 좀 잤어요? 눈이 약간 빨간데?"

안류지는 장은조의 손을 끌고 침대로 데려갔다.

"우리 한 시간만 더 자요."

망설이던 장은조가 마지못해 눈을 감았다. 안류지는 장은조의 얼굴에서 목으로 흐르는 선을 허공에 따라 그렸다. 누군가를 한없이 만지고 싶다는 생각이 든 건 태어나서 처음이었다. 장은조가 눈을 뜨자 안류지가 그의 볼에 입을 맞췄다.

머리를 팔로 받친 안류지는 잠든 장은조를 내려다봤다. 눈썹과 눈꺼풀이 꿈틀꿈틀댔다. 아침부터 흉흉한 얘기를 꺼내서 나쁜 꿈을 꾸는 건지도 모른다. 안류지는 그를 깨우지 않으려 까치발로 방을 나왔다.

퇴근길, 버스 창밖을 멍하니 보던 안류지가 허리를 똑바로 세웠다. 낯익은 사람이 보였다. 백환이 어떤 여자의 어깨를 감싸 안은 채 웃고 있었다. 후드티 모자로 머리통이 덮인 상대는 누구인지 알 수 없었다. 분명한 건 백환에게서 평소보다 더 밝고 환한 기운이 느껴진다는 사실이었다.

너에게도 새 연인이 생겼구나. 나와 헤어지고 나서 사귀었을까. 나처럼 우리가 사귀는 동안 다른 사람에게 흔들린 걸까. 이제는 중요하지 않은 질문이었다. 자신에겐 물어볼 자격도, 미안하다고 말할 기회도 없었다. 착잡했지만, 마음이 끝없이 헝클어지진 않았다. 장은조를 생각하면 이리저리 빠져나가던 실 끝에 단단한 매듭이 묶이는 기분이 들었다.

정류장에 멈춰 있던 버스가 다시 출발했다. 고개를 꺾은 안류지는 멀어지는 여자의 뒷모습을 주시했다. 여자가 보이지 않게 되자 손바닥에 땀이 맺혔다. 백환에 대해 여자가 얼마나 아는지 뒤늦게 걱정되기 시작했다. 그렇지만 누구인지도 모를 여자에게 자신의 근거 없는 지레짐작을 전할 순 없었다. 어떤 말도 무례하고 어이없게 들릴 것이다. 안류지는 축축한 두 손바닥을 바지에 비볐다. 그러자 모든 게 지난 일로 느껴졌다. 교차로의 신호등이 바뀌었고 버스가 속도를 냈다. 백환과 헤어진 게 아주 오래전 일 같았다.

장은조와 안류지는 서로의 틈을 차근차근 메꿔

블랙

나갔다. 모조 뱅글을 찬 그들은 보이지 않는 서로의 진짜 색을 가끔 상상했다. 실체 없는 두 사람의 배색은 조화를 이루다가도 곧잘 어그러졌고, 어그러진 것 같다가도 다시 보면 썩 어울렸다. 컬러 필드의 흔한 연인들처럼.

"영 별로인데요. 신선한 걸 사요."

"괜찮아요. 갈아 먹어도 되고, 잼으로 만들어도 돼요."

안류지는 마트에서 떨이 딸기를 사자고 고집을 부렸다. 집에 들어온 장은조는 개수대에 딸기를 들이부었다. 딸기는 반 이상 썩어 있었다. 안류지는 잠자코 개수대를 내려다봤다.

"잘 봐요. 아예 먹을 수가 없잖아요. 이런 건 아끼는 게 아니에요."

장은조가 맨손으로 거름망을 비웠다.

"패드는 샀어요? 류지 씨 거 화장실에 얼마 없던데."

"아, 그걸로도 한 달 버틸 수 있는데."

"그럼 월경 컵이나 탐폰이 따로 있어요?"

"그건 써 봤는데 안 맞아서 포기했어요. 쇼크가 와서."

"류지 씨, 설마 한 달에 한 팩만 써요? 필요할 때마다 새로 안 뜯고?"

패드를 아껴 쓰는 안류지에게 놀란 장은조는 큰

철제 통을 가져왔다. 그러고는 자신의 패드 팩을 여러 개 뜯어 거기 쏟아부었다.

"한 팩을 기준으로 두지 말고 류지 씨 월경량을 기준으로 둬야죠. 앞으로는 이 통에서 원하는 대로 집어다 써요. 안 그러면 아파요. 버틸 수 있다는 말은 하지 말고."

장은조는 뒤이어 튀어나오려던 말을 삼켰다. 왜 이렇게 자신을 학대해? 그게 왜 습관이 된 거야? 도대체 왜 제대로 된 선택을 하지 않아?

입을 다문 안류지는 눈치 보는 아이처럼 초조해 보였다. 장은조는 손을 뻗어 그의 앞머리를 헤집었다.

"혼내는 거 아니에요. 제 말은 뭘 고를 때 싼 것과 더 싼 것만 보지 말라는 뜻이에요."

장은조가 허리에 올렸던 양손을 내리고 안류지를 끌어안았다.

"아, 스크루지도 울고 가겠네. 유복하게 티 없이 자란 사람처럼 생겨서, 이게 무슨 취미래요?"
"저 환경 지키기가 원래 취미거든요."
"딸기 몽땅 버리게 한 사람이 뭐라는 거죠?"
"외모 평가는 왜 해요? 저도 생각 없이 막 평가해 봐요? 소름 돋게 잘생긴 여자가 무슨 잔소리가 그렇게 많아요?"

둘의 웃음소리가 섞이자 안류지가 장은조를 세게

블랙

안았다.

"숨 막혀요. 아주 한 번을 안 지려고 하네요."

"그럼 이거 보시든가요."

장은조에게서 물러난 안류지가 태권도 대련 자세를 잡았다. 그러고는 발을 허공에 높이 쳐올렸다. 피식 웃는 장은조를 본 그가 발을 계속 놀렸다.

"저 발 차기 잘해요. 까불면 이렇게…"

"아!"

순간 이마를 짚은 장은조가 자리에 주저앉았다. 안류지가 장은조보다 더 크게 비명을 질렀다.

"어떡해. 진짜 맞을 줄 몰랐어요. 미안해요. 미안, 미안."

장은조는 대꾸 없이 얼굴을 감싸 쥐었다. 안류지가 울먹거리며 말했다.

"정말로 때릴 생각은 없었어요. 정말…"

장은조가 실눈을 뜨고 말했다.

"빗맞아서 다행이지. 와, 나 신고할 뻔."

안류지가 장은조의 이마를 연신 쓰다듬었다. 그리고 이마와 볼에 쉴 새 없이 입을 맞췄다. 둘은 사소하게 빛나는 순간들을 나눠 가졌다. 솔직한 대화를 매일매일 늘려 나갔다.

장은조의 생일엔 함박눈 대신 진눈깨비가 쏟아졌
다. 컬러 하우스 단지는 뿌옇고 가느다란 눈발에 휩
싸였다. 와인을 마시다 만 안류지가 방에 들어가 뒷
짐을 지고 나왔다.

　　"짠! 까먹고 있었는데 이게 제 진짜 컬러 뱅글이
에요. 은조 씨도 진짜 뱅글 보여 줘요."

　　뱅글을 묵묵히 바라보던 장은조가 말했다.

　　"저는 모조품만 갖고 있어요. 뱅글은 쓰지 않아요."
　　"컬러 필드에 살면서 뱅글을 안 써요? 안 써도 갖
고는 있지 않나?"
　　"예전에 썼다가 버렸어요. 답답해서."
　　"아, 뭐. 사실 색이 중요하진 않죠. 우리가 이렇게
같이 있는데."

　　장은조를 꼭 안은 안류지는 자신의 내부가 조금
씩 확장되고 있다는 사실을 감지했다. 어딘가 비좁
았던 백환의 품보다 장은조의 품이 더 넓었다. 실제
몸의 부피와 반대로. 안류지를 살짝 밀어낸 장은조
가 소파에 앉아 물었다.

　　"류지 씨는 컬러 필드가 좋죠? 그래서 계속 회사
다니는 거죠? 저랑 같이 욕하긴 했지만."

　　안류지는 바로 답을 하는 대신 눈썹을 매만졌다.
그런 질문은 누구에게서도 받아 본 적이 없었기 때
문이다. 생각해 보면 회사는 마음에 들지 않아도 회

블랙

사가 꾸려 가는 세상은 마음에 들었다. 막아도, 억눌러도 사랑이란 언제나 새로 생겨났고, 낡은 법과 제도로 그것을 통제할 순 없었다. 무엇보다 뱅글 없이, 상대를 기만하며 몰래 다자 관계를 맺는 사람들보다는 뱅글을 통해 각자의 자유를 인정하고 누리는 사람들이 좀 더 건강한 것 같았다.

"사람들이 누구랑 무인도에 갈 거냐는 질문을 많이 하잖아요. 그나마 좋아하는 한 명을 고르라는 게임을 하면서."

안류지는 고개를 끄덕이며 장은조를 응시했다.

"전 그 질문이 항상 이상했어요. 솔직히 오만하기도 하고요. 인간은 좋아하는 사람과 무인도에 가는 게 아니라, 무인도에 있는 사람을 좋아하게 되는 거예요."

"애정이란 게 환경에 따라 바뀌는 거라고요?"

"네. 허무하게. 관계는 늘 임시적이잖아요."

"상황에 따라 변동할 뿐이다?"

"맞아요. 그러니까 컬러 필드는 말장난을 하는 거예요. 열린 관계를 말하지만 사실 상황과 조건을 설정한 거죠. 이 안에서 소비하며 즐기라고. 자기들이 만들어 놓은 제한선 안에서."

안류지가 장은조의 어깨에 손을 얹었다. 왜 그렇게 경직되었는지 모르겠지만, 그의 딱딱한 마음을 어떻게든 풀어 주고 싶었다.

"그게 진실이면 어때서요. 섬에 있는 한 사람과 어쩔 수 없이 가까워지는 것보단 섬의 여러 사람과 어울려 보는 게 좋잖아요. 어차피 모든 게 변한다면 자기가 어떤 사람인지 알아볼 기회가 많은 게 훨씬 낫지 않아요?"

장은조는 말없이 와인을 마셨다. 여러 사람과 어울려 보는 게 좋다니. 기회가 많은 게 훨씬 낫다니. 안류지가 사 온 술은 마트에서 가장 싼 와인이었다. 연인의 생일을 기념하는 자리를 마련할 때도 사치가 일절 없었다. 장은조는 자신과 안류지 둘 중에 누가 더 스스로를 잘 속이는 사람인지, 누가 더 폐쇄적인 사람인지 알 수 없었다.

"저는 일찍 잘게요. 술이 좀 쓰네요."

장은조가 방에 들어가고 나서 얼마 뒤 창밖 진눈깨비는 비로 바뀌었다.

해가 저문 금요일 오후, 퇴근한 안류지와 출근을 앞둔 장은조가 함께 트랙을 돌았다. 다섯 바퀴를 채운 두 사람은 젖지 않은 돌을 찾아 앉았다. 운동장 가장자리마다 늦겨울의 눈이 얇게 쌓여 있었다. 안류지는 아까 받은 모니터링 답변을 장은조에게 읽어 줬다.

"질투심을 다스리기 너무 힘들어요. 감정 조절에는 자신 있었는데 이젠 아니에요. 가볍고 산뜻한

블랙

만남 같은 건 사실 허상일까요?"

"컬러 뱅글 만족도가 낮은 사람들의 응답이에요?"

고개를 끄덕인 안류지가 다른 답변을 찾아 읽었다.

"애인이 제 연애를 억지로 응원하는 것 같습니다. 저는 자유롭게 지내는 게 좋은데 자꾸 죄책감이 들어요."

"근데 저한테 이런 걸 알려 줘도 돼요? 익명 답변이라도 비공개 자료일 텐데."

"은조 씨가 다른 데에 말 안 하면 되죠. 근데 이런 답변 남긴 사람들 진짜 답답하지 않아요?"

질문을 끝낸 안류지가 일부러 큰 한숨을 쉬었다. 뱅글을 쓰지 않는 장은조에게 이런 말을 들려주면 그가 안심할 것 같았다. 뱅글 따위와 관계없이 장은조를 좋아하는 자신의 마음을 한껏 내보이고 싶기도 했다. 그리고 얼마 전까지 응답자들과 비슷한 고민을 했던 자신을 가뿐히 넘어서고 싶었다. 장은조는 종아리를 주무를 뿐 대답이 없었다. 안류지가 다시 입을 열었다.

"이렇게 시대착오적인 사람들은 컬러 필드에서 살면 안 돼요. 아직도 한 사람이 다른 한 사람을 평생 사랑하는 일이 가능하다고 생각하니까 이렇게 갈팡질팡하죠."

종아리에서 손을 뗀 장은조가 말했다.

"그 생각이 정말 구시대적인 걸까요? 정리하기로 결심하면 감정이 바로 끝나요?"

"정리가 되는 사람은 컬러 필드 안에서, 정리가 안 되는 사람은 컬러 필드 밖에서 지내면 되죠. 그러라고 구역이 있는 건데."

"지금도 컬러 필드 안에, 컬러 필드 밖에 혼란스러운 사람들이 있을 텐데요?"

"혼란스러우면 관계를 끝내야죠."

안류지는 그다음 말을 속으로 삼켰다. 백환과 헤어진 나처럼. 너에게 단번에 간 나처럼. 미소를 지은 안류지가 장은조의 손등에 자신의 손바닥을 올렸다. 하지만 장은조는 손을 빼내며 물었다.

"한 사람만 볼 수밖에 없는 사람이 우습고 미련해요? 류지 씨, 정말 그렇게 생각해요?"

안류지가 입가를 긁었다. 한가했던 저녁 산책이 조금씩 버거워지고 있었다. 헤어졌지만, 절대로 잊지 못하는 사람이 있기라도 한 걸까. 잠자코 있던 안류지는 생각을 정리하자마자 입을 열었다.

"집착하고 구속하고 통제하고. 전부 일대일 관계에서 생기는 문제잖아요. 가질 수 없으면 망치겠다. 나를 떠나면 부수겠다. 내가 아픈 만큼 너도 아파라. 너무 야만적인 태도 아니에요? 우린 그게 싫어서 여기서 지내기로 한 사람들인데요."

블랙

"여기든, 밖이든 관계란 게 다 선명해요? 관계는 하나의 색이 아니잖아요. 류지 씨 말대로 야만적인 사람들이 있긴 하죠. 근데 누가 떠나면 아무 말도 못 하고 와르르 무너지는 사람은요? 뒤도 안 돌아보는 사람의 등을 쳐다봐야 하는 사람은요? 누구도 상대와 똑같은 속도로 움직일 순 없어요. 떠나보낼 준비를 하지 못한 게 잘못도 아니고요."

"불쾌하게 해서 미안해요. 그렇지만 누가 옆에 있든 없든, 어차피 불안과 고독에서 완전히 자유로울 수 있는 사람은 없어요. 결국 혼자 견뎌야죠."

"혼자, 견뎌라?"

장은조가 안류지의 뒷말을 또박또박 따라 했다.

"사람을 항상 가볍고 산뜻하게 만나는 사람들이 좋아할 말이네요."

장은조가 자리에서 일어났다.

"남편을 죽인 그 여자 심정을 조금은 이해한다면서요? 평생 한 사람과 사는 게 옳다고 믿었던 사람이니까 배신감과 상실감에 시달렸을 거라면서요?"

"은조 씨는 사람이 우울하다고 사람을 죽이진 않는다고 했는데요?"

안류지가 고개를 들어 올렸지만, 농구 골대 그늘에 덮인 장은조의 얼굴은 잘 보이지 않았다. 안류지는 자신이야말로 아무 준비도 하지 못한 채 한기를 그대로 맞는 기분이었다. 미세하지만, 확실한 틈이 생겼다. 장은조를 위해 꺼낸 말이 어느 순간부터 내내 이상한 방향으로 튀어 나갔다. 안류지가 다급히 말했다.

"원점으로 돌아가면 간단해요. 이건 소유와 존재의 문제잖아요. 우린 관계에서 존재가 더 중요하다고 생각하니까 여기 있는 거 아니에요?"

"됐고요. 류지 씨는 입조심 좀 해요. 허락도 없이 남의 말이나 함부로 옮기지 말라고요."

장은조가 운동장 시계를 쳐다봤다. 이제 일하러 갈 시간이라는 뜻이었다. 혼자 집으로 돌아가던 안류지는 방향을 틀었다. 아무래도 장은조를 다시 봐야 할 것 같았다. 일하는 중이라도 잠깐이면 되지 않을까. 아까 했던 말은 경솔했다고. 사실 나도 가볍고 산뜻한 사람은 아니라고. 그렇게 오해했다 해도 지금은 한 사람을 충실하게 대하고 있고 그 마음은 진심이라고. 맥락과 두서가 없는 고백이 되더라도 괜찮았다.

바 맞은편에 멈춰 선 안류지는 창문을 올려다봤다. 그리고 급히 몸을 숙였다. 창가에 백환과 장은조가 마주 앉아 있었다. 둘 다 굳은 얼굴이었다. 횡단보도 신호등이 바뀌자 사람들이 빠르게 움직이기 시작했다. 안류지는 엉겁결에 그들과 함께 길을 건넜다. 바가 있는 건물이 눈앞에 보였지만, 벽돌과 간

블랙

판이 실체처럼 느껴지지 않았다. 외투가 두툼한데도 몸이 떨렸다.

바에 가려던 안류지는 계단 중간에서 내려왔다. 발끝의 감각이 둔해 걸음마다 벽을 짚어야 했다. 두 사람이 왜 만난 건지, 무슨 일인 건지 전혀 짐작할 수 없었다. 백환이 장은조에게 헤어지라고 위협을 하는 건가. 원한을 품고 내 주변 사람들을 위험에 빠뜨리려는 건가. 백환에겐 새 연인이 생겼는데 그럴 리 없다. 다시 길을 건넌 안류지는 건물 주차장 기둥 뒤에 몸을 숨겼다.

얼마 후 백환이 혼자 바에서 나왔다. 안류지는 장은조에게 전화를 걸었다. 장은조는 휴대폰을 보고도 전화를 받지 않았다. 안류지는 통화 버튼을 다시 한번 눌렀다. 장은조는 휴대폰을 주머니에 넣고 일어났다. 그리고 웃는 얼굴로 손님에게 다가섰다.

골드 브라운

    침대에서 몸을 뒤틀던 안류지가 이불을 박차고 나왔다. 잠이 오지 않았다. 장은조는 집에 들어오지 않을 생각인 것 같았다. 지금쯤이면 아마 바 구석, 비품실의 매트리스에서 잠들었겠지. 휴대폰은 아예 엎어 두고.

    점점 강해지는 집중력과 집념은 다른 곳에 써야 했다. 커피를 탄 안류지는 잔을 들고 모니터 앞에 앉았다. 모교 홈페이지의 익명 게시판엔 새로운 글들이 올라와 있었다. 허리를 편 안류지는 의자를 바짝 끌어당기고 죽은 교수에 대한 글들을 찾기 시작했다. 더 많은 정보가 필요했지만 소득은 거의 없었다. 아침 해가 밝아 오자 눈이 따끔따끔했다.

    컴퓨터 전원을 끄려던 순간, 새로 올라온 글 하나가 눈에 띄었다. 안류지는 게시 글 앞 단락을 빠르게 읽었다. 자신이 마슬항 테트라포드 틈에서 죽은 남학생의 친구라고 밝힌 익명1은 이 사건이 미심쩍다는 말로 이야기를 시작했다.

죽은 제 친구는 죽은 교수와 가깝게 지냈어요. 분위기가 사제지간처럼 보이지 않을 정도로.

익명1은 학교 후문에서 깁스를 한 교수가 친구와 함께 차에 타는 걸 봤다고 했다. 둘의 모습이 의아해 며칠 뒤 친구에게 안부를 묻자 친구는 한동안 본가에 있겠다는 문자를 보냈다.

지나가는 소리였지만 친구가 가족과 연을 끊었다고 말한 적이 있어서 꺼림칙했어요. 무엇보다 그날 이후 친구를 영원히 볼 수 없게 될 줄은 꿈에도 몰랐고요.

거실로 나간 안류지가 잔에 새 커피를 가득 채워 왔다.

죽은 친구가 제 절친은 아닙니다. 그 앤 저를 포함해 다른 학우들과 별 교류가 없었어요. 그렇지만 이 일을 혼자 생각하기 힘들어 글을 씁니다. 하단에 휴대폰 번호를 잠깐 남겨 두니 혹시 그 친구와 알고 지낸 분들이 있다면 연락 주세요.

안류지는 그 번호를 바로 저장했다. 번호는 1분도 안 돼 지워졌다. 아침 9시가 지나자 익명1을 비난하는 댓글들이 올라오기 시작했다. 수는 얼마 안 되었지만 거의 조롱 투였다.

　- 사람 둘이 죽었는데 소설을 쓰네. 이건 친구도 교수도 두 번 죽이는 꼴.

　- 교수가 방파제에서 그 학생을 밀어 떨어뜨렸다는 거야, 뭐야.

　- 나 전화번호 못 봄. 누구 본 사람 있어?

　- 깁스하고도 액셀은 밟을 수 있는데 뭐가 의심스럽다는 거임? 가는 길에 좀 태워 줄 수도 있지 너무 배배 꼬였네. 대체 어떤 인생을 살아왔길래.

　- 사제지간처럼 안 보였다는 말은 무슨 헛소리죠? 익명1, 너 솔직히 두 사람 중에 누굴 좋아했어?

　안류지는 몸을 숙여 책장 맨 아래 칸을 살펴봤다. 먼지 낀 앨범을 꺼낸 안류지는 익명1에게 긴 문자와 함께 자신의 졸업 증서와 명함 사진을 보냈다. 침대에 엎드린 채 한 시간쯤 얕은 잠에 빠졌을 때, 익명1의 답이 도착했다.

　카키색 패딩에 회색 추리닝 바지를 입었다고 전한 익명1은 눈에 잘 띄지 않았다. 대학가 주변 학생들의 옷차림은 죄다 엇비슷했다. 지하철 출구 앞을 서성이는 안류지 앞으로 한 여자가 쭈뼛쭈뼛 다가왔다.

　"혹시 안류지 씨? 아, 안류지 선배님?"

골드 브라운

바로 앞에 있는데도 개성이 거의 느껴지지 않는 사람이었다. 손목의 골드 브라운 뱅글도 시야에 뒤늦게 들어왔다.

"학교도 아닌데 그냥 편히 불러요. 우리 일단 뭐 좀 마시면서 얘기할까요? 제가 살게요."

안류지는 그와 함께 근처 햄버거집에 들어갔다. 안류지는 이번에도 커피를, 익명1은 밀크셰이크를 주문했다. 얼마 후 두 사람은 그 방파제 일대의 폐쇄 회로 영상을 전부 확인해야 한다는 데 동의했다.

"교수가 죽었는데 행적을 추적할 수 있을지, 인력 이 붙을지 모르겠어요."

익명1의 말을 들은 안류지가 카드 지갑을 열었다. 형사가 준 명함은 여전히 맨 앞에 있었다. 토요일 오전인데도 형사는 전화를 바로 받았다.

"안 선생님. 안 그래도 사건 종결 후에 제보가 더 와서, 조용히 추가 내사 중이거든요. 제보자들이 무슨 연대를 꾸리고 있대요. 근데 선생님, 어디 계세요? 음악 소리가 큰데."

안류지가 가게 문을 열고 나갔다. 잠시 후 안류지 는 익명1에게 그가 벗어 놓은 패딩을 집어 건넸다. 그리고 낮은 목소리로 물었다.

"마슬항에 갈 거예요. 사고가 있었던 방파제로. 시간 되세요?"

경찰차 운전석에 앉은 형사가 두 사람을 향해 손을 흔들었다. 안류지와 익명1은 뒷좌석에 몸을 실었다. 오늘은 차 안에 머리가 눌린 마스코트 인형이 없었다. 도심을 벗어난 차가 과속방지턱을 연거푸 거칠게 통과했다.

"미안합니다. 쫓는 게 습관이 돼서."

선잠에서 깨어난 안류지는 몸을 흠칫 떨었다. 창밖으로 청회색 겨울 바다가 보였다. 백환과도, 장은조와도 와 보지 못한 바다였다. 세기말이 오면 혼자 이런 풍경을 보게 될까. 혹시 그때 옆에 누가 있다면 그 사람은 엄마일까, 다른 연인일까.

모텔과 식당 주인들은 협조 요청에 심드렁하게 반응했다. 폐쇄회로 영상 데이터가 오래되어 폐기했다는 점포뿐 아니라 데이터 자체가 없는 점포도 많았다. 편의점 야외 테이블에 둘러앉은 세 사람은 말없이 컵라면을 먹었다. 찬 바람에 면발이 금세 메말랐다. 갈매기 두 마리가 그들 가까이 다가왔다가 곧 방파제 너머로 날아갔다.

장은조가 집에 들렀다 출근했는지, 바에 계속 있는지 알 수 없었다. 어쩌면 주말이 끝나도록 바에서 돌아오지 않을 작정인지도 몰랐다. 안류지는 자신의 이름을 확인하고도 휴대폰을 내려다보기만 했던 장은조를 떠올리고는 고개를 휘저었다. 그래도 못

골드 브라운

이기는 척 바에 가 볼까. 문자를 할까.

휴대폰을 만지작거리던 안류지가 코를 벌름거렸다. 거실 어딘가에서 쿰쿰한 냄새가 났다. 화장실이나 싱크대 하수구에서 올라오는 냄새는 아니었다. 걸음을 이리저리 옮기던 안류지는 베란다 앞에 섰다. 가벼운 한숨이 나왔다. 엄마가 찾아온 날, 냉장고에 자리가 없었던 탓에 베란다에 둔 김치 통에서 나는 냄새였다. 통 손잡이를 잡으려던 안류지는 벽에 세워진, 백환이 못 챙긴 사진들을 쳐다봤다. 이 짐을 다 언제 보내지. 연락은 또 언제 하고. 작품에 김치 냄새가 뱄다고 투덜대려나. 액자를 차례차례 옮기던 중에 코르크판 틈새에서 사진 하나가 툭 떨어졌다. 손바닥 크기의 사진을 집어 든 안류지는 눈을 가늘게 떴다.

처음엔 밝게 웃고 있는 여자가 낯설었다. 하지만 이 사람은 분명히 장은조였다. 안류지는 귀퉁이에 적힌 촬영 날짜를 들여다봤다. 5년 전. 그러니까 자신과 백환이 만나기도 전. 두 사람이 서로를 오래전부터 알고 있었다는 사실을 깨달은 안류지는 숨도 내뱉을 수 없었다.

둘이 연인이었다면. 장은조를 잊지 못한 백환이, 백환을 잊지 못한 장은조가 자신을 사이에 두고 빙빙 돈 거라면. 자신을 통해 서로의 빈자리를 더 강렬히 깨달은 거라면. 귀에서 희미한 호루라기 소리가 들렸다. 안류지는 사진을 구기며 타일 바닥에 앉았다. 그리고 자신이 왜 우는지 알아차렸다. 백환과 헤어질 때는 이런 울음이 터지지 않았다.

안류지는 베란다 바닥에 떨어져 있는 양말로 손을 뻗었다. 눈물이 계속 쏟아졌다. 두꺼운 겨울 양말이 어느새 축축해졌다. 타일 바닥을 짚고 일어선 안류지는 방으로 들어가 컴퓨터를 켰다. 장은조가 예전에 뱅글을 썼다 버렸다는 말이 떠올랐기 때문이다. 안류지는 컬러 필드 사내 전산망을 뒤지기로 했다. 부질없겠지만 진짜 뱅글 색을 알면 장은조란 사람에 대해 더 알 수 있을 것 같았다. 개인 정보를 열람하는 일은 불법이지만 어쩔 수 없었다.

컬러 필드엔 다행히 장은조의 뱅글 데이터가 남아 있었다. 얼핏 보니 작년까지는 활성화 상태였고 컬러는 애플망고로 매우 희귀한 색이었다. 사용자들에게 공개되지 않는 직원 전용 루트로 컬러 분포도를 검색하니 이 색의 뱅글 보유자는 이곳 건진시에 단 하나였다. 안류지는 자신과 장은조의 매칭 성공률, 커플 만족도 예상 수치를 확인했다. 13BG. 오류가 아닌지 의심스러울 정도로 참담한 숫자였다. 컬러 필드의 예측상 둘은 서로에게 결코 어울리는 짝이 아니었다.

"멍청하게 지금 이런 걸 왜 본 거야. 이제 와서 뭐 하려."

골드 브라운

전원을 끄려던 안류지가 마우스를 다시 흔들었
다. 시야에 이상한 숫자와 좌표가 들어왔다. 안류지
는 장은조의 마지막 뱅글 사용 시각과 당시 위치를
뚫어지게 쳐다봤다. 쓰다 버렸다고 하지 않았나. 그
런데 11월에, 이 황량한 산까지 와서 버렸다고?

안류지는 장은조의 방 앞으로 걸어갔다. 장은조
가 쓰게 된 이후 혼자 한 번도 들어가 본 적 없는 방
이었다. 숨을 깊이 내쉬고 문손잡이를 잡았을 때 휴
대폰에서 수신음이 울렸다. 안류지는 손아귀에 힘
을 주고 화면을 봤다. 장은조가 보낸 문자였다. 짧은
문장 세 개는 처음 보는 외국어처럼 해독하기 어려
웠다. 여러 번 읽을수록 더.

*우리 헤어져요. 내 모든 건 가짜였습니다. 그러니
류지 씨 인생에 더 끼어들지 않을게요.*

통화 버튼을 눌렀지만, 장은조의 휴대폰은 이미
꺼져 있었다. 다시 시도해도 마찬가지였다. 안류지
는 주저 없이 장은조의 방에 들어갔다.

침대 옆 조그만 수납장 위로 몇 종의 화장품이 보
였다. 서랍 안엔 대여섯 벌의 속옷과 허름한 옷가지
가 가지런히 포개져 있었다. 다시 와서 챙겨 갈 만
한 물건은 보이지 않았다. 특별할 것 없는 방은 누군
가 잠시 머물다 간 게스트 하우스처럼 느껴졌다. 창
틀에 걸터앉은 안류지는 디퓨저 옆에 놓인 1+1 섬유
향수를 발견했다. 잔뜩 부어 잘 떠지지 않는 눈에서

다시 눈물이 흘렀다. 얼굴을 아무렇게나 닦은 안류지는 책상 의자에 걸린 점퍼를 들어 올렸다. 장은조가 자신과 함께 마트, 운동장, 편의점같이 가까운 곳에 갈 때 즐겨 입었던 옷이었다. 그 길을 거닐 때마다 둘은 손을 꽉 맞잡았다. 소매엔 아직 장은조의 체취가 남아 있었다.

옷을 쓸어내리다 멈칫한 안류지가 점퍼 주머니에 손을 넣었다. 그 안에서 누가 우그러트린 듯 구깃구깃한 종이가 나왔다. 종이를 편 안류지는 침대 한복판에 털썩 앉았다.

한 장의 청첩장. 오늘 저녁에 열리는 결혼식. 신랑의 이름은 백환이었다. 내가 이 사람과 오래 같이 지낸 게 맞나. 이름을 봐도 믿을 수 없었다. 얼떨떨한 표정으로 신랑의 이름 두 글자를 보던 안류지가 자리에서 불쑥 일어났다. 장은조가 이걸 왜 갖고 있었는지 의아했다.

안류지는 무작정 셔츠를 꺼내 입으면서도 백환의 결혼식에 진짜 갈 수 있을 거란 생각이 들지 않았다. 그렇지만 나갈 채비를 멈출 수 없었다. 그날 곧장 버스에서 내렸어야 했다. 백환 옆에 있던 여자에게 그의 미심쩍은 행동을 하나하나 알렸어야 했다. 백환에게서 전 여자 친구가 집착하는 거란 말을 듣더라도. 미친 사람 취급을 당하더라도.

단추를 다 잠근 안류지가 갑자기 입을 틀어막았

골드 브라운

다. 혹시 다른 사람과의 결혼을 앞둔 백환이 장은조를 걸림돌로 여겼다면. 장은조가 자신과 산다는 사실에 화가 치밀어 올랐다면. 방금 온 문자를 백환이 보낸 거라면.

컴퓨터를 다시 켠 안류지는 백환의 홈페이지에 들어가 그의 작업물을 들여다봤다. 조그만 단서라도 찾을 수 있을까 싶어서였다. 백환이 피사체를 향해 던지는 시선은 건조하지도 단순하지도 않았다. 맥락은 풍성했고 비유는 정확했다. 모르지만 다 알겠어. 알겠지만 또 모르겠어. 그런데 작업물을 자세히 볼수록 전에 드문드문 느꼈던 아름다움은 어딘가로 휘발되었는지 찾기 어려워졌다. 모든 요소를 차분하게 드러내는, 모든 감정을 감당할 수 있게 만드는 흑백사진 특유의 중립성이 지금은 느글거리기만 했다.

백환과 지내면서 딱히 참은 건 없다고 여겨 왔다. 그렇지만 사진을 넘길수록 그간 애써 외면했던 감정들이 조금씩 선명해지고 있었다. 안류지는 손톱을 물어뜯으며 생각했다. 썩 좋지 않았던 건 결국 헛헛한 거라고. 나쁘진 않다고 넘겼던 건 결국 나빴던 거라고.

화면 오른쪽, 이웃 작가들의 홈페이지 링크를 하나씩 눌러 보던 안류지는 마우스에서 황급히 손을 뗐다. 네 번째 작가가 어쩐지 눈에 익었다. 카메라를

멘 남자는 백환의 통화 화면에서 본 준백 씨였다. 하지만 카메라 가방엔 '출장 전문 김우경 사진관'이란 글자가 크게 새겨져 있었다. 이 남자는 준백이 아니다. 백환을 아예 모를 수도 있다. 휴대폰 벨 소리가 울리자 안류지가 비명을 질렀다. 발신자는 백환도 장은조도 아닌 엄마였다.

"류지야. 이따 6시에 만나는 거 알지? 엄마 60번째 생일이야."

안류지가 눈을 질끈 감았다. 약속을 완전히 잊고 있었지만 자책할 틈이 없었다. 엄마는 언제나 자신과 다른 세상에 있는 듯했다.

"왜 대답이 없어? 걱정 마. 이달의 컬러 행사, 생일 할인으로 먹을 거야. 너희 동네 근처 레스토랑에서."
"혹시 만나자는 사람 없었어? 친구들은? 노래 교실 회원들은?"
"난 안류지한테 축하받고 싶은데. 바쁘니? 생일 꼭 챙기는 엄마가 한심해?"
"아, 왜 약해 빠진 소리야?"

엄마 입에서 할인이란 단어가 나온 것도, 자신이 한심한지 묻는 일도 처음인 것 같았다. 안류지는 셔츠의 먼지를 털며 시계를 확인했다. 4시 2분. 지금 나가면 늦지 않게 도착할 수 있다. 구두를 꿰어 신고

골드 브라운

문밖으로 나온 안류지가 말했다.

"엄마, 미안한데 나 한 번만 도와줘. 같이 갈 데가 있어. 밥은 거기서 먹자."

도해경은 바로 답을 하지 못했다. 딸이 지금껏 뭔가를 부탁한 적이 있었나. 도와달라는 말을 입 밖으로 꺼낸 적이 있었나. 목이 막혔지만 스페셜티는 다 마신 지 오래였다. 컬러 하우스 근처 카페에 미리 와 있던 도해경이 말했다.

"알았어. 엄마는 너희 집 다 와 가. 너는?"

혼자였다면 결혼식에 가지 못했을 것이다. 하지만 엄마와 같이 간다면 그곳에 들어설 수 있을 것 같았다. 식장에서 일이 어떻게 돌아가는지 꼭 확인해야 했다. 보라색 정장을 빼입은 도해경이 단지 입구에서 손을 흔들었다. 택시에 먼저 탄 안류지가 행선지를 말했다.

"예식 보러 가시나 봐요. 요새는 결혼식장 찾기도 쉽지 않죠. 저도 오랜만에 멀리 나가네요."
"딸. 우리 어디 가? 결혼식이라니?"
"일단 가자."

안류지는 신부의 빈 얼굴에 여러 얼굴을 넣어 봤다. 지금 눈앞에 보이는 행인, 백환과 끝내 재회하기로 한 장은조, 여자 교수, 죽은 남자 교수, 자신. 엉망진창인 머릿속으로 터무니없는 얼굴들이 획획 지

나갔다. 기사가 말을 이어 갔다.

"아유, 저도 두 분처럼 식장 가 볼 일이 있으면 좋겠어요. 저희 아들은 컬러 필드에 눌러살겠대요. 여자 친구들을 요일별로 만난다는데 완전히 맛이 갔어. 제정신이 아니야."

도해경은 기사 대신 안류지를 쳐다봤다.

"류지야. 왜 그래. 속이 안 좋아?"
"아니야. 괜찮아."

눈을 한참 감았다 뜬 안류지는 얼굴들과 얼굴들 아래 드레스를 치웠다. 그리고 한 사람을 생각했다. 식장엔 장은조가 있을 것이다. 없다면 백환을 협박하든 결혼식을 망치든, 장은조가 어디 있는지 알아낼 것이다. 장은조를 만나면 물어야 할 게 많았다. 왜 백환과 서로 모르는 사람처럼 대했는지, 왜 자신과 가까워졌는지, 왜 11월 중순까지만 뱅글을 썼는지, 왜 뱅글을 쓴 마지막 위치가 그 공사장 근처 산인지.

몸과 마음이 투두둑 갈라져 전부 부서질 것 같은 순간, 도해경이 안류지의 손을 잡았다. 부드럽지만 낯선 감촉이었다. 포개진 손을 내려다보던 안류지가 창 쪽으로 고개를 돌렸다. 신호가 바뀌자 택시가 멈춰 섰다.

"아니, 평생을 그렇게 철없이 살면 안 되잖아요.

골드 브라운

제대로 된 짝 하나를 만나야지. 그 자식도 예식장 가 보면 뭔가 느끼는 게 있을 텐데. 젊은 게 대수라고 아직도 얼이 빠져서…."

"기사님. 제가 오늘 좋은 날을 맞았는데 노래 한 곡 불러도 될까요?"

곁눈질로 도해경을 본 기사가 고개를 끄덕였다. 소리 없이 입을 풀던 도해경이 안류지의 손을 아까보다 세게 잡았다.

"우리 사이는 별과 별 사이. 닿을 수 없지. 만날 수 없지."

어디선가 많이 들어 본 노래. 한 아이돌 그룹의 곡이었다. 안류지는 익숙한 후렴구를 떠올리다 아랫입술을 깨물었다. 엄마가 집에 김치를 가지고 온 날, 제목을 궁금해했던 곡이었다. 안류지는 혼자 그 노래를 찾아냈을 엄마의 모습을 떠올렸다.

"하지만 가릴 수 없는 빛. 피할 수 없는 빛. 우우, 내가 갈까. 우우, 내가 가도 될까. 네가 거기서 기다려 줄 수 있다면."

안류지는 엄마가 잡지 않은 손으로 눈물을 닦아 냈다. 이 모든 혼란을 걷어치운 끝에 남은 건 딱 하나. 장은조가 보고 싶다는 마음뿐이었다. 무슨 일이든, 어떤 문제든 장은조를 만나서 바로잡고 싶었다.

식장 기둥 뒤에 숨은 안류지는 하객들과 바삐 인사를 나누는 백환을 훔쳐봤다. 이마를 내놓은 그는 전에 없이 신수가 훤해 보였다. 2년 넘게 만난 자신과 헤어지기 전에, 헤어진 후에 대체 무슨 짓을 하고 돌아다닌 건지 알 길이 없었다.

"쟤 환이 닮았다. 아니, 환이인가? 류지야, 이게 무슨 일이야? 환이가 왜 결혼을 해?"
"우리 예전에 끝났어. 깽판 치려고 온 거 아니니까 걱정 마. 근데 엄마, 부탁인데 밥 먹을 때까지 아무것도 묻지 말아 줘."

몸을 숙인 안류지가 엄마와 함께 신부 대기실에 들어섰다. 반색하며 웃던 신부의 얼굴이 점점 굳어졌다. 안류지는 고꾸라지려는 허리를 똑바로 세웠다. 오래전의 직감이 틀리지 않았다. 의외로 민첩한 백환을 몰라도 너무 몰랐다. 드레스를 입은 사람은 무비 나이트 운영진 여자였다.

"아…. 환 씨 초대로 오셨나 보다."

안류지는 여자의 손목을 내려다보았다. 밀키 핑크 뱅글은 언제 내버린 걸까.

"결혼 같은 건 안 하실 줄 알았는데요."
"저도 환 씨를 만나기 전엔 몰랐죠."

안류지가 콧잔등을 긁었다. 아까부터 환 씨라는 호칭이 괴상하게 들렸다.

골드 브라운

"결혼하기로 각오할 만큼 걔가 믿음을 줬어요? 저는 모르겠던데."

"각오까지 안 해도 될 정도로 제겐 좋은 사람이에요."

"그래요? 그동안 컬러 필드에서 했던 생각이 다 뒤집힐 만큼?"

"네. 유치한 색깔 맞추기 놀이 따위, 이제 끝내도 되겠다 싶을 만큼."

대체 뭘 믿고 결혼하는데? 백환을 더 알아보지도 않고 이렇게 덜컥. 안류지는 터져 나오려는 말을 삼켰다. 돌아서려던 안류지가 막 생각났다는 듯한 표정으로 얘기했다.

"맞다. 환이 발등의 상처요. 전에 저 때문에 생겼거든요. 미안해요."

안류지의 거짓말에 신부가 반응했다.

"아, 그거 여름에 계곡 놀러 갔다가 바위에 긁혔다던데."

안류지는 천연덕스럽게 둘러댔다.

"맞아요. 전에 친구들이랑 계곡 같이 갔을 때, 걔가 제 쪽으로 오다 다쳤어요."

문가의 하객들을 발견한 신부가 다시 활짝 웃었다. 루프톱에서 봤던 그 미소 그대로였다. 답을 찾은 안류지는 주먹을 움켜쥐었다. 늦가을에 공사장에서 생긴 상처다. 그런데 여름 계곡에서 다쳤다고 했다니. 자기가 보기에도 상처가 심해 말을 또 지어낸 거겠지. 액자에 맞았다고? 바위에 긁혔다고? 언제까지 빙빙 둘러댈 건데?

백환이 남자 교수와 사귀었다면 그는 연인이 죽었는데도 아무렇지 않은 척 태연히 구는 인간이었다. 백환이 여자 교수와 사귀었다면 그는 연인이 죄를 뒤집어썼는데도 아무렇지 않은 척 태연히 구는 인간이었다. 어느 쪽이든 둘 다 최악이다. 이 추정을 신부에게 말할 수 있을까. 공사장에 있던 그 남자는 바로 백환이라고. 진범은 그 자식일 거라고. 하지만 긴 이야기의 입구를 어디서부터 어떻게 뚫어야 할지 갈피가 잡히지 않았다.

신부의 친구들이 다가오자 안류지가 자리에서 비켜섰다. 지금은 백환을 보는 일이 먼저였다. 백환에게 찾아가 장은조가 어디 있는지 물어야 했다. 제대로 된 대답을 하지 않는다면 결혼식장은 전장으로 바뀔 것이다. 내가 쓰레기인 게 맞다 해도, 싸움은 네가 먼저 걸었잖아. 그렇지 않아? 숨을 몰아쉰 안류지는 엄마를 이끌고 신부 대기실을 나왔다.

골드 브라운

메탈릭 블루

식장 홀을 가로지르는데 누군가 도해경 쪽으로 느릿느릿 다가왔다. 흰 장갑을 낀 남자는 입을 벌리고 눈을 몇 번이나 껌뻑였다.

"해경 씨. 해경 씨 맞죠? 저 백민운입니다."

그의 뒤로 백환과 장은조가 나타났다. 세 사람 모두 번듯한 차림새였다. 몸이 굳은 안류지는 장은조에게 선뜻 다가서지 못하고 엄마의 팔짱을 꼈다. 다섯 사람은 한동안 말이 없었다.

"해경 씨. 그동안 어떻게 지낸 거예요?"

백민운이 도해경의 어깨에 손을 올리려던 찰나, 도해경이 몸을 틀었다. 백민운을 붙잡은 백환이 절박한 목소리로 속삭였다.

"제발 여기서 이러지 마시고…"

"환아. 내가 알아서 할게."

"뭘 알아서 해요. 오늘 같은 날 정말."

백민운과 백환이 서로를 붙잡고 실랑이를 벌이기 시작했다. 틈을 노리던 안류지가 백환의 휴대폰을 빼앗아 들었다. 잠금 패턴은 전과 똑같았다. 찾던 사람은 통화 목록 상단에 있었다. 안류지는 준백이 형이란 이름 아래 통화 아이콘을 눌렀다. 몇 초 후 장은조의 휴대폰 벨이 올렸다. 전화를 끊고 다시 걸어도 역시 장은조의 벨 소리가 들렸다.

뒷걸음질 치던 안류지가 식장 기둥에 부딪혔다. 하객 하나가 안류지가 떨어뜨린 두 대의 휴대폰을 주워 건넸다. 안류지의 휴대폰으로 형사의 전화가 걸려 오는 중이었다. 액정을 한참 내려다보던 안류지는 숨을 깊게 들이마시고 전화를 받았다.

"아, 이제 받으시네. 공사장 부근 폐쇄회로 영상을 돌려 보다 발견한 게 있어서요."

안류지는 휴대폰을 귀에 바짝 붙였다. 손에 힘을 주지 않으면 몸이 흘러내릴 것 같았다.

"다른 각도 화면은 확보하지 못한 상태고 화면도 좀 어둡긴 한데요. 남자 교수가 폐건물에서 떨어지는 모습이 나왔어요. 근데 위에서 뱅글로 보이는 물건도 같이 떨어지네요?"

메탈릭 블루

귓가와 눈가가 저릿저릿했다. 안류지는 간신히 입을 열었다.

"컬러 뱅글이요?"

"네. 이게 처음엔 흔한 주황색인 줄 알았는데요. 정지 화면마다 색이 달라요. 일부가 붉고 일부가 노래요. 이게 컬러 뱅글이 맞다면 결정적인 증거품이 될 수 있을 것 같은데요. 혹시 뱅글에 이런 색도 있어요?"

안류지는 대답을 하지 않았다.

"제 목소리 안 들려요? 안 선생님?"

애플망고. 건진시에 단 하나 있는 애플망고색.

"형사님, 제가 지금 밖이라 통화가 어려워요."
"그럼 다시 연락드리…"
"아니요. 저희 지금 만나요. 와서 꼭 확인하실 게 있어요."

백환이 그날 공사장에서 다쳤다는 사실은 명백했다. 남자 교수를 죽이고 달아난 건 어떻게 봐도 백환이었다. 장은조의 뱅글은 공사장이 아니라 공사장 근처 산에 있다. 이따 이 말만 하지 않으면 된다. 아니, 장은조는 사건과 아무 관련이 없다.

예식장 이름을 말한 안류지는 휴대폰을 귀에서 뗀 채 식장 기둥에 등을 완전히 기댔다. 눈앞의 풍경이 더디게 흘렀다. 엄마 옆에 있는 낯선 남자, 낯선 남자 옆에 있는 백환과 장은조. 설마, 그럴 리가. 안류지는 머릿속에서 완성되어 가려는 퍼즐을 뒤엎어 버리고 싶었다. 손바닥으로 기둥을 힘껏 민 안류지는 엄마에게 달려갔다. 정신을 차리려면 일단 엄마와 함께 이 아수라장에서 벗어나야 했다. 그 순간 누군가 손목을 낚아챘다. 자신의 핸드폰을 찾아 든 백환이었다.

"너 여긴 왜 온 건데? 어떻게 알고 온 건데? 나 망치려고 작정했어?"

백환을 노려보던 안류지가 셔츠 주머니 안에서 뭔가를 꺼낸 뒤 말했다.

"무슨 소리야. 널 망친 건 너지. 날 속인 것도 너고."

안류지는 구겨진 사진을 꺼내 그의 얼굴에 내던졌다. 어수선했던 홀에 정적이 흘렀다. 장은조의 일그러진 얼굴이 식장 바닥에 떨어졌다. 몸을 숙여 사진을 집은 장은조가 천천히 일어섰다.

"그만 좀 해. 그만!"

장은조는 도해경에게 홀린 듯 붙어 서는 백민운을 뒤로 확 밀쳤다. 백민운의 등을 짚은 백환이 놀라 외쳤다.

"누나. 아버지한테 무슨 짓이야?"

메탈릭 블루

"봤어요? 류지 씨, 우리는 남매예요. 내 예전 이름은 백준이고."

장은조는 방금 뱉은 자신의 말에 실소를 흘렸다. 장은조와 백환 두 사람은 긴 한숨을 쉬고 안류지를 쳐다봤다. 장은조는 몸을 돌려 안류지를 정면으로 마주 보고 말했다.

"내 전세보증금을 가로채 도망친 아버지가 저 사람이에요. 우리 남매를 내팽개친 백민운 씨요. 류지 씨는 그 돈이 누구한테 갔는지 알아요?"

장은조가 안류지의 붉은 두 눈을 들여다봤다. 더는 존댓말이 필요 없을 것 같았다.

"다 말해 줄 테니까 잘 들어. 난 아빠 도시락 가방을 든 너를 용서할 수 없었어. 저 사람을 아빠라고 부른 너를 절대 잊을 수 없었어. 그래서 백환이 너한테 갈 때 내버려 뒀어. 복수한다고 설치는데도, 무슨 짓을 할지 모르는데도 그냥 구경만 했어."

등을 돌린 장은조는 백환을 쏘아보며 말했다.

"우리 집구석은 가망이 없다. 난 네가 안류지랑 그렇게 오래 사귈 줄도, 아빠 같지도 않은 아빠랑 이렇게 죽고 못 사는지도 몰랐네. 더 일찍 도망칠 걸 그랬어. 더 빨리 포기할 걸 그랬어. 내 잘못이지. 그래. 전부 내 잘못이야."

백민운은 장은조와 도해경을 번갈아 쳐다봤다. 백민운의 산만한 고갯짓을 지켜본 장은조가 뭔가를 짓이겨 삼키듯 말했다.

"그러니까 우리 셋 다 이날을 잊지 말자. 죽어서 도 후회하게."

안류지는 발바닥에 힘을 주고 똑바로 서 있으려 했지만, 한쪽 무릎이 자꾸 접혔다. 심장 한구석이 불 길에 데인 듯, 얼음에 닿은 듯 욱신욱신했다. 다른 건 아무래도 상관없었다. 그렇지만 장은조가 자신 에게 이유 없이 끌린 게 아니라는 사실엔 무심해질 수가 없었다.

백환과 장은조는 언성을 높이며 다투기 시작했 다. 뒤늦게 홀 쪽으로 모인 신부의 친척들은 장은조 가 백환의 애인이라고 지레짐작하곤 의자에 하나둘 주저앉았다. 친지들은 눈치를 살피며 수군거렸다.

"아까 들었는데 신부랑 신랑이 컬러 필드에 살았 다면서요?"
"그러니까 거기 출신들은 어쩔 수가 없어요. 금수 들도 아니고 이게 다 무슨 난리래요."
"아니, 축의금도 많이 냈는데 이거 지금이라도 돌 려받아야 하는 거 아니에요?"

도해경의 어깨를 감싸려던 백민운은 몸의 중심을 못 잡고 번번이 나동그라졌다. 부케를 내던진 신부

메탈릭 블루

가 식장 입구로 나가 담배를 피웠다. 바닥에 떨어진 부케를 본 백환이 싸움을 멈췄다. 그의 눈앞에 펼쳐진 모든 장면이 기이해 보였다. 문밖으로 보이는 담배 연기는 결혼식을 위한 드라이아이스 연기 같은 게 아니었다. 적당히 수더분하고 무던해 보였던 여자 친구는 온데간데없었다. 너무 서둘렀나. 보고 싶은 것만 봤던 건가. 빨리 무난한 가정을 꾸리고 싶어서. 얼룩 한 점 없는 집으로 돌아가고 싶어서. 백환이 신부를 향해 비척비척 걸어갔다. 두 번째 담배를 꺼내 든 신부가 말했다.

"조용히 해. 한마디도 듣기 싫으니까."

형사는 담배 연기를 길게 내뿜는 신부를 쳐다보며 계단을 올랐다. 결혼식인지 영화 촬영장인지 도통 알 수가 없었다. 식장 안으로 되돌아온 백환의 얼굴은 창백했다. 동생을 쳐다보던 장은조가 고개를 떨궜다. 장은조의 구두 위로 안류지의 얼굴이 비쳤다. 거꾸로 뒤집힌 상은 일그러져 있었다. 안류지가 입을 열었다.

"우리 얘기부터 해요."
"무슨 얘기? 다 들었잖아. 난 백환 안 말렸어. 너희를 몰래 훔쳐보면서 일이 이 지경이 되도록 내버려 뒀어."
"위악 부리지 말아요. 거짓말하지 말아요."
"안류지. 돌아가는 꼴을 좀 봐. 내가 너랑 왜 살았

겠어? 다른 이유가 없어. 아빠가 너희 엄마한테 갔고, 나는 그날 공사장에 갔고. 단순해. 난 컬러 필드랑 경찰이 어디까지 알고 있는지 궁금했을 뿐이야."

장은조는 지금 한 말이 진짜처럼 들리길 바랐다.

"백환. 다 때려치우고 이리 와. 나랑 경찰서 가자. 혼자 뒤집어쓰려고 했는데 도저히 안 되겠어. 그날 공사장에서 우리가…"

백환이 팔을 흔들며 장은조의 말을 가로막았다.

"누나, 정신 차려. 여자가 자수했어. 끝난 일이라고."
"그 여자 우울증 때문에 착각하는 거야. 남편을 용서할 수 없어서, 벌어진 일을 받아들일 수가 없어서."
"아니, 남자가 떨어진 건 맞는데 멀쩡했다니까? 분명히 우릴 올려다봤어."

백환이 도리질 쳤다. 누나를 말릴 생각은 이제 사라지고 없었다. 설득이 통할 것 같지 않았다. 둘의 고함이 멈추자 식장은 조용해졌다. 안류지가 양 주먹을 그러쥐었다. 그럴 리 없다. 장은조가 그 자리에 있었다고 해도 달라질 건 없다. 달라지면 곤란했다. 안류지는 백환 뒤의 형사를 보고 다급히 소리쳤다.

"백환. 그 남자는 네가 죽였잖아! 그날 네가 거기 갔다가 다친 거 다 알아."

메탈릭 블루

상의를 벗어 던진 백환은 안류지 대신 장은조를
쳐다보며 말했다.

"그래. 갔어. 근데 그 남자는 누나가 밀지 않았어?"

장은조의 눈꺼풀이 파드득 떨렸다.

"맞아. … 내가 밀었어. 내가 죽였어."

장은조의 대답을 듣고 가만히 있던 백환이 얼마
후 울음을 터뜨렸다. 서로를 헐뜯던 남매는 결국 공
사장 폐건물 옥상에서 자신들이 남자 교수를 밀쳤
다고 실토했다.

"저기요. 두 분 그만 울어요. 그 교수, 아내가 죽인
게 맞아요."

눈썹 뼈를 매만지던 형사가 이어 말했다.

"두 사람이 도망친 건 잘못인데요. 범인은 아내가
맞습니다."

안류지가 장은조에게 두 걸음 다가섰다. 장은조
는 두 걸음 물러섰다.

"들었지? 내 잘못이 아니야. 누나랑 내가 그런 게
아니라고."

백환이 신부를 달랬다. 마지막 머리핀을 빼낸 신
부가 가발을 바닥에 툭 던졌다. 우왕좌왕하던 백환
이 하객들에게 변명을 늘어놓기 시작했다. 하지만

식장은 그저 폐허처럼 보였다. 얼굴의 핏기가 가신 직원들은 테이블에 앉아 술을 따르고 음식을 먹었다. 아직 엎어지지 않은 테이블을 발견한 도해경은 그쪽으로 걸음을 옮겼다. 의자를 당겨 앉은 그는 등을 편 채 전복을 꼭꼭 씹어 먹었다. 손목의 메탈릭 블루 뱅글을 어루만지던 백민운이 도해경에게 다가갔다.

"해경 씨, 우리 다시 만나요. 제대로 떳떳하게 만납시다."

신부의 가족 몇몇이 관자놀이를 짚었다. 몇몇은 손수건으로 눈가를 찍어 댔다. 젓가락을 내려놓은 도해경이 백민운을 물끄러미 바라봤다. 곧 실내에 쩌렁쩌렁한 음성이 울려 퍼졌다. 지금까지 벌어진 싸움 때문에 났던 소리보다 훨씬 우렁찬 소리였다.

"가족이 없는 척했던 당신이 안 떳떳했지, 나는 언제든 떳떳했어요."
"알겠어요. 그래도 우리가 이렇게까지 만난 데는 이유가 있지 않겠어요? 이건 운명이에요."
"남의 앞길을 짓밟는 운명 같은 건 없어요. 나는 내 방식대로 나를 계속 존중할 거예요. 죽을 때까지 자유로울 거예요."

안류지는 다시 젓가락을 쥔 엄마를 지켜봤다. 이제야 천천히 인정할 수 있었다. 그날, 거실에서 낯선 남자와 함께 있던 속옷 차림의 엄마가 믿을 수 없이

메탈릭 블루

아름다웠다는 사실. 엄마의 미소, 노래, 춤 동작이 언제나 눈부시게 황홀했다는 사실도.

오랫동안 엄마의 고독을 고립으로, 자유를 방종으로만 해석하고 싶어 했다. 하지만 엄마는 자신을 창피해하지 않았고 남들에게 애정을 구걸하지도 않았다. 도해경은 엉망진창으로 보였지만, 늘 자신에게 투명하려고 애쓰는 사람이었다. 엄마의 자유를, 엄마의 변화를 받아들이지 못하고 자리에 멈춰선 사람은 자신. 선택을 미루면서 아무렇지 않은 척하고 제자리에서 조바심을 내던 사람도 바로 자신이었다.

몸을 돌린 안류지는 맞은편의 장은조를 바라봤다. 그의 곁으로 가야 한다는 걸 알지만 지금은 아니었다. 오늘은 그쪽으로 갈 용기가 남아 있지 않았다. 식사를 다 마친 도해경이 자리에서 일어났다. 안류지는 엄마와 함께 결혼식장에서 나왔다. 장은조는 멀어지는 안류지를 잡지 못했다.

애플망고

　하객들이 모조리 빠져나간 식장은 휑뎅그렁했다. 장은조는 들썩이는 백환의 등에 손을 뻗지 못한 채 홀 계단에 앉았다. 가족은 무슨 놈의 가족. 이딴 결혼식에 오는 게 아니었다. 그래도 마지막으로 동생을 보러 온 건데, 그런 다음 혼자 자수하려고 했는데 아버지를 보니 다 망치고 싶어졌다. 아니, 망치고 싶다는 심정이 된 것뿐인데 정말 끝이 나고 말았다.

　어린 시절부터 지금까지의 기나긴 나날은 세차게 흐른 것 같았지만, 어떤 시간은 바위에 막혀 고여 있었다. 그 시간은 절대로 쓸려 내려가지 않고 바위 밑에서 물이끼와 함께 엉겨 끈끈해졌다. 장은조에게 있어 백준으로 살던 나날은 뿌옇고 탁한 웅덩이 속과 다르지 않았다. 그걸 모르고 자신에게 가까이 온 사람은 베이고 다치고 넘어지기 일쑤였다.

백준과 백환은 아버지가 가족을 포기할 정도로 사랑하는 도해경 그리고 그의 딸을 오랫동안 원망해 왔다. 남매는 타인과 늘 짧고 불안정한 관계를 맺었고 그런 교제에 불만이 없었다. 아버지의 대단한 여정을 보고 있노라면 사람이 사람을 좋아하는 감정이란 우습고 하찮기만 했다. 그러던 어느 날, 백준은 특별한 여자를 만났다. 진지한 건 어리석은 게 아니라는 걸 차근차근 알려 주던 사람이었다. 모아 둔 돈을 다 써서라도 꼭 함께 살고 싶었다. 하지만 백준은 얼마 지나지 않아 이별을 피할 수 없게 되었다. 그건 아버지의 탓이지 자신과 상대의 탓이 아니었다.

아버지가 백준이 모은 돈을 도해경에게 가져다줬다는 사실을 남매는 뒤늦게 알았다. 도해경이 돈의 출처를 알고 썼든, 모르고 썼든 수습할 수 없는 일이었다. 백준은 아버지와 절연하기 위해 이름을 장은조로 개명했다. 백환은 다른 방식을 택했다. 그는 안류지를 불행하게 할 거라고 누나 앞에서 누누이 말했다.

"우리만 억울할 순 없잖아. 이게 어떤 기분인지, 걔도 알아야지."

"잘못은 아버지가 저질렀는데? 내 돈을 그 여자한테 갖다 바친 게 아버지란 인간인데?"

"그래서 지금 아빠랑 그 여자가 힘들어, 우리가 힘들어? 누나, 이건 던져진 부메랑이 원래 자리로

가는 거야. 그뿐이라고."

장은조는 백환의 계획이 이뤄질 리 없다고 생각했다. 안류지를 보기 위해 매일 체육관으로 나서는 동생을 못 본 척 무시했다. 유치한 시도, 졸렬한 발상이었다. 하지만 도해경의 딸은 지나치게 경계심이 없고 물러 빠진 사람이었다. 백환의 어설픈 연기에 바로 속을 만큼. 얼마 안 가 장은조는 안류지를 만나러 가는 백환을 막아섰다. 사랑하는 사람과 타의로 헤어지는 심정이 어떤 건지 그 자신이 뼈저리게 체감했기 때문이다.

"그러지 마. 잊고 관둬."
"이미 늦었어."

한두 달이면 끝날 줄 알았다. 하지만 연애는 해를 넘겼다. 상대의 감정을 너덜너덜하게 만들 작정일까. 사람에 대한 기대를 완전히 접게 할 생각일까. 장은조의 걱정과 달리 백환의 악의가 커진 건 아니었다.

그는 그저 느슨해졌다. 처음의 복수심과 총기가 서서히 흐릿해졌다. 백환은 안류지와 동거하는 동안 아버지를 만나 작업비, 생활비 등의 명목으로 돈을 종종 타 썼다. 시간이 흐르면서 누나와 함께 받았던 상처는 혼자 대충 봉합할 수 있게 되었다. 자신의 결혼 소식도 아버지에게 스스럼없이 알릴 수 있었다. 타성대로 아버지에게 도움을 받기 위해서였다.

애플망고

백환은 누나의 새 이름, 장은조가 입에 영 붙지 않았다. 원래 이름의 앞뒤를 바꾸면 헷갈릴 일이 없을 것 같았다. 백환은 누나의 연락처를 준백이 형이라는 이름으로 휴대폰에 저장했다. 공사장 사건으로 백준과 통화할 일이 늘어났을 때는 안류지가 의심하지 않도록 프로필사진을 추가했다. 자주 가던 이웃 사이트의 작가 얼굴이 적당해 보였다.

백환과 안류지의 관계가 기우뚱해질 무렵 남매의 말다툼은 잦아졌다. 장은조는 대책 없이 컬러 하우스에서 지내는 백환을 생각하면 아찔해졌다. 그의 복수는 볼품없었다. 볼품없어서 오히려 더 잔인했다. 버리지 않아 비뚤배뚤 녹슨 칼이 더 위험한 것처럼.

바에 찾아온 백환이 청첩장을 내밀었을 때, 장은조는 몸의 피가 갑자기 반대 방향으로 도는 기분이 들었다.

"이 사람은 누구야? 언제부터 사귄 건데?"

"안류지 만나지 말라고 할 땐 언제고. 나도 이제 좀 편하게 살고 싶어. 더는 못 해 먹겠다고."

"너 혼자 결심한 거지 아무도 떠밀지 않았어. 그리고 그동안 편하게 지냈잖아. 안 그래?"

"그래. 편했지. 개랑 있으면 그냥 편했어. 안류지도 그랬을걸?"

"그랬을걸? 안류지랑 그렇게 오래 있었는데도 개 마음을 모르겠어?"

"우리는 평생을 봤는데 서로를 잘 알기나 하고?"

"됐고 결혼 준비는 또 어떻게 한 거야?"

"웬만하면 와. 아빠는 뭐, 장례식에서 볼 거야?"

"너 계속 아버지 만나고 다녔니? 그러다 결혼식 비용도 받고?"

"다 짐작하면서 왜 캐물어?"

장은조는 바 의자에 몸을 깊숙이 묻었다. 백환의 무계획성과 무책임함엔 사람을 질리게 하는 데가 있었다. 되는대로 대충대충 지내다 코너에 몰리면 주머니에 손을 찔러 넣고 아버지를 보러 갔을 동생의 모습이 눈에 선했다. 그가 아버지 때문에 울었던 자신 곁에, 자주 있었던 사람이란 게 믿기지 않았다.

"그렇게 노려보지 마. 아빠한테 이런 식으로라도 보상을 받는 거니까."

"합리화하지 마. 보상이 아니라 의존이겠지."

"그래서 내가 잘못했다고? 그동안은 눈감고 있다가 왜?"

장은조는 허약하기 짝이 없어 보였던 아버지와 남동생이 서로에게 기대 왔다는 사실에, 두 남자가 탁하고 끈끈한 연대감을 나눠 왔다는 사실에 분개심이 들었다. 딸이자 누나인 자신은 그들 머릿속에 없었던 게 분명했다.

"근데 누나가 나한테 이래라저래라 말할 자격이 돼?"

애플망고

장은조가 의자에 기댔던 등을 바로 세웠다.

"지금 누나가 만나는 사람이 누군데? 갑자기 걔
가 막 불쌍해? 그래, 진짜 불쌍하긴 하다. 나 다음
에 너를 만나는 안류지가…"
"입 닫아. 결혼식 망치지 않으려면."

백환이 바에서 나간 지 얼마 안 돼 장은조의 휴
대폰이 울렸다. 안류지가 건 전화였다. 장은조는 액
정을 물끄러미 내려다봤다. 이제부터라도 안류지의
삶에 더 끼어들지 말아야 한다는 판단이 들었다. 제
자리로 돌아가 죗값을 치러야 했다. 모든 걸 끝내야
했다. 벨이 다시 울렸다. 장은조는 휴대폰을 주머니
에 넣었다.

죽으라고 민 건 아니었지만, 그 남자는 결국 죽었
다. 누가 먼저 밀었는지 알 수 없지만, 자신과 동생
은 그와 함께 있었다. 그날 일은 기억 속에서 늘 멋
대로 재생되었지만, 아무리 돌이켜도 그 사실은 변
치 않았다.

식장을 나온 장은조는 큰길을 따라 계속 걸었다.
머릿속 길을 막고 있던 바위가 큰 소리를 내며 갈라
지고 있었다. 불어난 물이 조각난 바위 위로 세차게
흘렀다. 그는 멍한 얼굴로 유속에 몸을 맡겼다.

아버지를 조롱하듯 연인들을 쉽게 갈아 치우며
지내던 때였다. 작년 여름, 바에 온 남자가 자신에게

내보인 호감도 대수롭지 않았다. 어차피 마음 같은 건 빨리 부풀고 빨리 시들었다. 장은조는 그때 가짜 티타늄 화이트 뱅글 대신 진짜 뱅글을 차고 있었다.

"정말 귀한 색이네요."

교수는 자신의 애플망고 뱅글에서 눈을 떼지 못했다. 장은조는 그의 라벤더 뱅글을 흘깃 쳐다봤다. 다정하고 순한 기질. 컬러를 확인하자 경계심이 한결 풀어졌다. 그러나 가벼운 데이트는 두 번뿐이었다. 장은조는 하루가 다르게 과감해지는 그가 점점 부담스러워졌다. 지나가는 말, 언뜻 나오는 습관, 종종 드러내는 눈빛. 모두 불길하기만 했다.

장은조는 진지하게 만나 보자는 교수의 제안을 단호히 거절했다. 교제를 거부했는데도 그는 바에 찾아왔다. 무슨 말을 들어도 개의치 않았다. 자신의 거부 의사에도 아무렇지 않은 척, 상냥하게 구는 그가 무서웠다. 그는 작정한 듯 끈질겼다.

"뱅글 가짜죠?"

장은조의 질문에 그는 피식 웃었다.

"그게 중요한가? 중요한 건 다른 거죠."

교수가 모조 뱅글을 찼다는 사실은 확실했다. 나른한 표정을 짓던 그는 바 안쪽으로 몸을 내밀고 속삭였다.

애플망고

"애플망고 뱅글은 내 리스트에 꼭 들어가야 해요. 특별한 색이니까."

위장조차 없는 선전포고였다. 장은조는 그가 모조 뱅글로 사람들을 속여 왔다는 사실을 짐작할 수 있었다. 그는 연인들을 전리품처럼 여겼을 게 분명했다. 바에 오는 여자 손님들도 그런 사람이 있으니 조심하자는 말을 했다. 가짜 색으로 접근해 컬러 뱅글의 모든 색을 수집하려 드는 인간. 인간을 인간이 아니라 타깃으로 보는 컬렉터.

"우리 더 자주 봐요. 정들게. 세상에서 정이 제일 무섭다잖아요."

교수가 가게를 나선 뒤에도 장은조는 허리를 잘 펴지 못했다. 그의 이번 타깃은 자신이고 사냥은 이제부터 시작이라는 직감이 들었기 때문이다. 경찰서에 가면 직감만으로는 움직이기 어렵다는 대답을 들을 것이다. 컬러 뱅글의 신변 보호 기능은 좋지 않은 일이 벌어지고 나서야 필요하게 될 것이다.

며칠 후 휴대폰을 보던 백환이 미간을 찌푸렸다. 백준에게 보낸 돈이 도로 들어왔기 때문이다. 어제 송금한 돈이 어제 입금되어 있었다. 자느라 못 봤던 메시지도 남아 있었다.

이런 심부름 하지 마. 백준이라고 부르지도 말고.

그게 아버지가 누나에게 전해 달라던 돈이라는 걸

어떻게 알았을까. 백환은 백준의 결벽증에 신경질이 났다. 장은조라는 새 이름으로 살면 새날이 밝아 오기라도 하나. 백환은 준백 형에게 전화를 걸었다. 누나에게 그냥 좀 쓰라고, 따지지 말고 쓰라고 쏘아붙일 생각이었다. 그런데 전화를 받은 백준은 헛소리를 했다.

"네, 거의 다 오셨다고요? 저도 금방 도착해요."

얼마 후 도로명주소 링크와 오타 가득한 메시지가 도착했다. 백환은 마지막 문장을 보고 방으로 뛰어 들어갔다.

스토허 깅고 11ㅈ2

스토커 신고 112. 백환은 출사를 간다며 가방을 멨다. 맥주를 마셔 몸이 늘어졌지만, 집에 머물러 있을 수 없었다. 누나는 컬러 하우스와 멀지 않은 곳에 있었다. 사진을 찍으러 가 본 적 있는 동네였다.

"갑자기 이 밤에 나간다고? 밖이 얼마나 추운 줄 알아?"

팔짱을 낀 안류지에게 설명할 시간이 없었다. 택시에 올라타 신고를 하려고 주머니를 뒤졌는데 휴대폰이 없었다. 퉁명스러운 기사는 휴대폰을 절대 빌려줄 것 같지 않았다. 얼마 안 가 백준이 알려 줬던 장소에 가까워졌다. 택시에서 내리자 공사장 주변에 덩그러니 솟은 폐건물이 보였다. 어둑한 건물에서 말소리가 웅웅, 둔탁하게 울렸다. 계단 끝까지 정신없이 오르자 시야에 누나와 한 남자가 들어왔다. 백환의 체구를 훑어본 교수가 거드름을 피웠다.

"이 새긴 또 누구야? 애인이면 실망인데. 얘기했잖아. 나만 보라고. 나는 컬러 필드랑 영 안 맞아."

백환이 등을 펴고 숨을 가다듬었다.

"애플망고 님. 그러니까 나랑 2년만 만나자니까? 설레 봤자 어차피 평균 2년이야. 도파민이 계속 안 나온다고요. 도파민 다음엔 옥시토신, 여름 다음엔 가을. 우리는 컬러 말고 호르몬에 맞춰 지내보자고."

백환 뒤에 붙은 백준이 낮은 목소리로 빠르게 말했다.

"환아. 뱅글 호출 버튼이 안 눌려. 휴대폰은 이제 꺼졌고. 너 신고하고 온 거지?"
"못 했어. 그래도 걱정하지 마."

백환이 주먹에 힘을 실어 교수의 턱을 쳤다. 뒤로 나자빠진 교수가 실없이 웃었다.

"팔에 힘주면 손 나가요. 허리에 힘을 줘야지. 에, 힘이 없나?"

바닥을 더듬던 그가 갑자기 백환 쪽으로 기어갔다. 그리고 백환의 발등 위로 벽돌을 있는 힘껏 내리쳤다. 교수의 정강이를 걷어찬 장은조는 그에게 발목을 잡혀 넘어졌다.

세 사람은 어느새 한 몸이 되어 바닥을 굴렀다. 실랑이가 쉽게 끝나지 않을 것 같다는 생각이 든 찰나, 남매는 교수의 몸이 폐건물 난간 쪽에 놓인 것을 발견했다. 몇 초 후, 교수는 소리도 지르지 못한 채 공사장 바닥으로 떨어졌다. 순식간에 일어난 일이었다. 남매는 흙더미에 누운 그를 숨죽여 내려다봤다. 신음하던 그가 턱을 들어 남매를 올려다봤다. 몸을 일으키려고 했던 그는 다시 누워 무슨 말인가를 중얼거렸다. 남매는 누가 먼저랄 것 없이 공사장 밖으로 도망쳤다.

장은조는 뒤늦게 그날 애플망고 뱅글을 잃어버렸다는 사실을 깨달았다. 바디 캠엔 남자 교수를 밀친 자기 모습이 남아 있을까. 동생의 모습이 남아 있을까. 아니면 두 사람 모두의 모습이 남아 있을까.

"뉴스 챙겨 보고 있어?"

"어, 형. 근데 신경 쓸 거 없어."

"정신 똑바로 차리라고. 그 여자가 진짜 범인 맞아?"

"자기가 맞대잖아. 그럼 됐지."

장은조는 죄를 뒤집어썼을지도 모를 그의 아내 때문에 매일 불안했다. 아무리 자수했대도 마음을 놓을 수 없었다.

애플망고

"그 높이에서 떨어졌으면 바로 죽은 거 아니야?"

"멀쩡했잖아. 분명히 멀쩡했어."

"흙더미로 떨어진 거 맞지? 우리 본 거 맞지?"

"네, 형. 걱정 말아요. 설마 박살 났겠어?

"아니야. 그날 너무 어두웠어. 난 확신이 안 들어."

"에이, 괜찮다니까. 네네, 또 연락 줘요."

트레이닝복을 입은 장은조는 운동을 하다 숨이 차올랐다는 시늉을 하며 공사장 주변을 둘러봤다. 아무리 뒤져 봐도 뱅글을 찾을 순 없었다. 그렇다고 현장을 더 뒤지면 꼬리가 잡힐 것 같았다.

"엄마. 생일 망쳐서 미안해. 오늘 그런 델 가면 안 됐는데."

"류지야. 망쳐도 되니까 계속 말해 줘. 어디든 같이 가자고."

"이제 집 근처 오면 카페 가지 말고 집으로 바로 와. 내가 맛없는 커피 줄게."

도해경과 헤어진 안류지는 발 닿는 대로 길을 헤집고 다녔다. 컬러 필드에서 멀어질수록 거리에 흐릿한 석양이 깔렸다. 컬러 필드에 가까워질수록 거리엔 석양 아닌 빛이 넘쳐 났다.

안류지는 백환이 처음 다가온 날을 떠올렸다. 지금은 쇼핑몰로 바뀐 동네 복지관 체육 센터에서 운동을 막 마친 참이었다. 갈아 신을 신발을 꺼내 들었는데, 그 안에 작은 카드 한 장이 들어 있었다.

안녕하세요, 같이 운동하는 백환이라고 합니다. 저한테 카페 쿠폰이 생겼는데, 여유 있으실 때 커피라도 같이 한잔하면 어떨까 해서요. 동봉하는 명함의 번호로 편히 연락 주세요. 기다리지 않는 척 기다리겠습니다.

자신의 신발을 기억하고, 거기 뭘 넣은 사람이라니 찜찜했다. 눈썹을 치켜올렸던 안류지는 글씨를 다시 한번 살폈다. 필체가 투박한 듯 시원시원했다. 꽁한 성격이 아닐 것 같은데, 이렇게 고전적인 편지는 뭐야. 뭘 사 준다고 하면 부담이 될까 봐 굳이 쿠폰이 생겼다고 쓴 것도 웃겼다. 그래도 연락처를 불쑥 묻지 않고, 선택지를 주는 방법을 쓴 점이 나쁘지 않았다. 명함 뒤엔 조그만 그림이 하나 그려져 있었다. 검은색 후드티를 입은 남자의 상반신이었다. 머리는 살짝 길고 목엔 불꽃무늬 문신이 있었다. 웃는 입 옆엔 찌그러진 말풍선이 있었다.

이렇게 생긴 사람이 저예요. 누군지 전혀 모르실 것 같아서.

아는 남자였다. 수십 명이 오가는 체육 센터에서 가장 눈에 띄던 사람. 뒤에 문제투성이 가족들을 가상으로 세워 봤던 사람. 백환은 그가 그린 그림보다 훨씬 매력적인 존재였다. 안류지는 작은 카드를 추리닝 주머니에 넣었다. 그리고 집에 돌아와서야 카드가 어딘가로 사라졌다는 사실을 알아챘다. 해진 바지 주머니 구석에 기다란 구멍이 뚫려 있었다.

안류지는 한동안 복지관 체육 센터에 나가지 않았다. 일이 바쁘기도 했지만, 백환이란 사람을 다시 마주할 용기가 없었다. 자신에겐 그럴 여력도 자격도 없는 것 같았다. 한 달 후, 시간대를 조금 앞당겨 센터에 간 안류지는 백환을 발견했다. 레그 프레스에 앉아 있던 그의 볼이 붉어졌다. 고개를 떨군 안류지 앞으로 백환이 다가왔다.

"운동 끝나시면 커피 말고 맥주 마실까요?"

안류지는 그와 서로 마음을 열어 가던 나날이 아직 생생했다. 처음으로 느낀 감정들이었다. 질감은 제각각 다채로웠다. 부들부들한 결, 단단한 결, 따스한 결. 백환은 누군가를 군말 없이, 생색 없이 오래 기다릴 줄 아는 사람이었다. 그런데 그 인내는 그저 백환 특유의 심드렁함이었을까. 성의조차 없는 복수까지도.

애플망고, 아쿠아

백환의 결혼식으로부터 며칠 뒤, 익명1과 안류지
는 경찰서 입구에서 만났다. 철제문 앞에 나와 있던
형사가 두 사람에게 급히 손짓했다.

"내부 시설만 리모델링한 건물이라 다행이었어
요. 폐쇄회로 TV도 새걸로 다 교체한 곳이더라고
요."

형사는 남자 교수가 방파제 끝자락에 있는 한 모
텔에서 이틀을 묵었다고 전했다.

"그 교수는 낡고 허름한 숙박업소라고 얕잡아 봤
겠지만."

두 사람과 함께 로비 소파에 앉은 형사는 영상 하
나를 보여 줬다. 모텔 주인의 모습은 바지와 슬리퍼
까지만 나와 있었다. 양 발가락을 오므렸다 편 주인

이 말했다.

"그 남자, 종일 바다를 지켜봤어요. 뭘 보는지 도
통 눈을 안 떼더라고. 술, 담배도 안 하고 멀쑥한
차림으로. 필요한 게 있냐고 물어도 답이 없어. 여
기 단골 낚시꾼도 아니고, 주민도 아니고 해서 기
억하지."

모텔 입구 카메라는 방파제로 멀쩡히 걸어가는
교수의 뒷모습을 담고 있었다. 수건을 쥔 그는 허리
를 숙여 제방의 한 지점을 꼼꼼히 닦아 냈다. 영상의
끝은 그가 수건을 차 트렁크에 넣고 떠나는 장면이
었다. 트렁크 안에 놓여 있는 긴 물건은 깁스가 분명
해 보였다.

얼굴이 모자이크 처리된 편집본 화면이 언론을
타자, 교수에 의해 같은 수법으로 죽을 뻔했다는 학
생 둘이 나타났다. 두 사람은 각각 다른 대학교에 다
니고 있었다. 기자 앞의 여학생이 먼저 말했다.

"그 새끼한테 헤어지자고 하니까 마지막으로 바
다를 보자고 했어요. 그게 소원이라고. 그러더니
여행 당일에 깁스를 하고 나타난 거예요. 당연히
다음에 가자고 했죠. 근데 운전할 수 있으니까 가
자고 설득하더라고요. 다음에 보자는 소리는 헤
어지지 않겠다는 소리로 듣겠다고. 기겁해서 차
에 탔는데 정신을 차리고 보니 제가 방파제 앞에
서 있는 거예요. 저는 느낌이 안 좋아 부탁을 안

들어줬는데… 돌아가신 분께 제 불운이 간 것 같아 정말 죄송합니다."

뒤이어 남학생이 콧물을 훔치고 말했다.

"발치 앞에 학생들 과제가 들어 있는 외장하드를 떨어뜨렸다고 말했을 거예요. 다리를 못 접으니 주워 달라고, 바람에 휩쓸려서 금방 떨어질 것 같다고. 죽은 학생은 그걸 주워 주려다 사고를 당했을 것 같습니다. 화면 보면 교수가 뭘 닦는 것처럼 보이는데 기름을 묻힌 걸 수도 있어요. 미리 그 지점을 미끄럽게 해 두려고. 저는 교수한테 백업한 게 있지 않냐고, 저도 디스크 때문에 몸을 숙이기 어렵다고 했어요. 조급하게 부탁했다가 바로 여유롭게 백업본을 찾아본다고 했을 때 의심했어야 하는데. 그날은 뭔가 이상하다고만 생각했어요. 그렇게 넘긴 게 너무, 너무 속상해요."

아직 처분되지 못한 교수의 차 트렁크엔 스포이트에 든 엔진오일 그리고 오일이 묻은 수건 몇 장이 있었다. 교수 집의 완강기 함 안에선 전원이 꺼진 휴대폰과 컬러 뱅글이 다량으로 발견되었다. 사건의 여파가 커지자 그의 아내가 받은 형량에 대한 비판 여론이 급물살을 타고 조성되기 시작했다. 포털 사이트 상단의 인기 검색어는 연일 '뱅글 컬렉터男'이었다. 팟캐스트에 나온 프로파일러가 말했다.

애플망고, 아쿠아

"수사가 완전히 마무리되어야 하겠지만, 지금으로서는 이 사람의 범죄 동기를 하찮은 지배욕이라고 짧게 정리할 수 있을 것 같습니다. 그동안 피해자들의 제보를 허위 또는 신빙성이 없는 모함으로 취급했는데 교수가 피해자들의 뱅글을 빼앗으려고 할 때마다 폭력적으로 돌변했다는 공통된 진술들이 있었잖아요. 가짜 라벤더 뱅글로 상대에게 접근한 다음 원하는 뱅글을 갖지 못하면 그때부터 앙심을 품는 거죠. 상대가 의심하고 저항하면 더. 그 와중에 직업적인 평판을 유지해야 하니 폭로를 두려워했을 거고요. 아마 자기 딴엔 범행을 치밀하게 준비했다고 자부했을 겁니다."

수사 팀은 결정적인 증거품인 폐쇄회로 영상 속 뱅글을 찾기 위해 공사장 사고 현장 수색 범위를 넓혀 나갔다.

긴긴 겨울이 주춤주춤 물러날 무렵이었다. 수색 지대에 대규모 인원이 투입된 지 사흘째 되던 날, 인근 야산에서 피 묻은 발 하나가 발견되었다. 고무와 합성 플라스틱으로 만들어진 인형의 일부. 공사장 인근 교통정리용 마네킹이었다.

강풍에 떠밀려 사건 현장에서 멀어진 남자 마네킹의 특징은 여자 교수의 진술과 일치했다. 마네킹의 몸은 희고 왜소했으며 발등은 부서져 있었다. 발등의 구멍을 보던 형사가 눈을 게슴츠레 떴다. 구멍 안의 뱅글은 무릎과 허리를 굽힐 때마다 다른 색으로 보였다. 장갑을 낀 형사가 애플망고 뱅글을 천천히 빼냈다. 형사는 해가 지기 전에 안류지에게 전화를 걸었다.

애플망고 뱅글의 바디 캠에는 그날 밤에 벌어진 사고 기록이 남아 있었다. 남매와 뒤엉켰다가 발을 헛디딘 남자 교수는 혼자 공사장 흙더미에 떨어졌다. 그와 함께 떨어진 애플망고 뱅글은 몸을 뒤틀던 남자 교수가 위를 올려다보며 신음하는 모습을 비췄다.

차에서 내린 여자 교수는 흐트러진 차림새로 누워 있는 남편을 발견했다. 그는 누군가의 이름을 부르며 새된 소리를 내고 있었다. 눈을 비비자 남편 옆에 누운 사람이 보였다. 남색 점퍼 차림의 작고 창백한 남자였다. 전에도 불륜 현장을 몇 번 들킨 남편이었다. 여자 교수는 자신이 무심코 손에 든 것이 무엇인지 알지 못했다. 그의 오른손엔 굳은 시멘트 덩어리가 매달려 있는 파이프가 쥐어져 있었다. 덩어리는 무겁고 뾰족했다. 얼마 후 바디 캠 화면에 파이프를 든 여자 교수가 나타났다.

"왜? 놀랐어? 내가 이렇게 또 따라붙을 줄 몰랐니? 말해 봐. 핑계라도 좀 대 봐!"

땅바닥과 허공을 향해 파이프를 마구 휘두르던

애플망고, 아쿠아

여자 교수는 파이프 끝이 마네킹의 발등을 내려치자 비명과 함께 손에 든 것을 내던졌다. 자리에 엎드린 여자 교수는 제 머리통을 감싼 채로 덜덜 떨었다. 흙바닥을 짚고 간신히 일어났을 때, 남편의 애인은 사라지고 없었다. 주변을 두리번거리던 여자 교수는 휘청휘청 차 쪽으로 걸어갔다. 수사 팀은 화면을 여러 번 돌려 봤다.

"뭐야. 남편 옆에 있는 마네킹을 남편 애인이라고 착각한 건가? 바람에 날아가는 걸 못 봤네."
"이 교수, 아내가 오기 전부터 후두부에서 피가 흘러나오고 있어요. 호흡도 없고 동공도 풀렸고. 이미 의식이 없는 게 아닐까요?"
"앞으로 다시 가 봐요. 아무리 봐도 혼자 떨어진 거 맞죠? 정황이 복잡해 보이긴 해도, 이거 단순 실족사 같은데요."

범인은 아내가 맞다는 형사의 확신은 뒤집혔다. 이제 수사 팀은 애플망고 뱅글에 남은 데이터와 추가 조사를 통해 실족한 남자 교수의 정확한 사망 시간을 알아내야 했다.

안류지는 그 영상 파일을 회사 그리고 장은조, 백환에게 보냈다. 팀장의 연락이 왔을 뿐 두 사람에게서는 답이 오지 않았다. 경찰 측과 내부 회의를 마친 컬러 필드는 이튿날부터 보도 자료와 바이럴광고를 내보내기 시작했다. 사건의 진상을 밝힌 뱅글의 활

약상을 통해 컬러 필드의 이미지를 깨끗이 갱신하려는 의도였다. 팀장은 안류지에게 승진 소식을 건넸다. 하지만 안류지가 기다리던 소식은 그게 아니었다.

퇴근 후 안류지는 혼자 오래 운동장 트랙을 돌았다. 다리의 감각이 사라지자 이상하게도 둥근 길을 따라 영원히 걸을 수 있을 것 같았다. 한참 후 트랙을 벗어난 안류지는 티타늄 화이트 뱅글을 쓰레기통에 버렸다. 그는 가방 속 진짜 뱅글을 꺼내 찬 뒤, 자신의 색을 바라봤다.

아쿠아 뱅글은 손목 색을 비출 뿐 고유의 색이 없었다. 늘 밋밋하고 갑갑하다고 여겼던 색이었다. 하지만 투명한 뱅글은 모든 색을 언제나 있는 그대로 투영했다. 안류지는 자신만의 공간이 된 집에서 조용히 일상을 꾸려 나갔다. 깨끗이 씻은 김치 통 두 개에 귤과 원두를 담아 엄마 집 앞에 두고, 잎이 쭈그러들지 않은 시금치를 사고, 맛이 궁금했던 수프를 집어 카트에 넣는 동안 계절은 나날이 따스해졌다.

"누군가를 사랑하면서, 새로운 사랑을 시작할 수 있는 것. 여전히 사랑하면서 또 사랑할 수 있는 것. 제 작품의 화두나 주제가 있다면 아마 그런 거겠죠. 저는 헤어진 연인들을 계속 사랑하고 있거든요."

애플망고, 아쿠아

대형 모니터에서 작가의 인터뷰 영상이 흘러나오고 있었다. 대외 홍보 팀장 안류지는 긴장한 기색으로 화면을 살펴봤다. 부서를 옮긴 후 처음 기획한 전시였다. 컬러 필드의 후원으로 열리는 신진 작가전은 여름까지 이어질 예정이었다.

"저는 지난 연인들의 색으로 작업을 해요. 작업은 보통 한 사람마다 두 달 이상 걸리죠. 사귄 시간보다 작업 기간이 더 길 때가 많아요. 처음 작업한 컬러는 다크 피치인데요. 수백 개의 복숭아색을 찾아 초대형 화폭에 붙이고, 또 붙이다 보니 길을 잃은 기분이 들었어요. 그런데 그 막막한 심정이 좋더라고요. 찾는 것은 제 앞에 오지 않지만, 떠나간 것은 제 안에 남아 있다는 역설. 저는 거기서 이상한 평온을 느꼈습니다."

작품들의 제목은 모두 'X'였다. 갤러리엔 서로의 손을 꼭 맞잡은 관람객들이 끊임없이 들어왔다.

"연인과의 추억은 도려내거나 없애는 게 아니라 그냥 두는 거죠. 내가 그 사람들을 돌보고, 그 사람들도 나를 돌보는 거예요. 사는 일과 똑같아요. 혼자 버틴다고 생각해도 그렇지 않잖아요."

캄캄한 방으로 연인들이 계속 들어오자 안류지가 의자에서 일어났다. 출입구의 암막 커튼을 걷기 직전, 영상의 마지막 두 마디 말이 들렸다. 자주 들어서 완전히 외울 수 있는 문장이었다.

"사랑은 무너지지 않고 켜켜이 쌓여요. 사라지지 않고 내내 겹쳐요."

전시장에서 나온 안류지는 붉은 하늘을 한참 올려다봤다. 눈 닿는 곳마다 노을이 흘러넘치고 있었다. 얼기설기 세워 뒀던 마음이 무너질 만큼 아름다운 풍경이었다. 잔에 공기를 담으면 누군가 만들어 준 칵테일처럼 달고 향긋한 맛이 날 것 같았다.

해가 완전히 저물자 컬러 필드의 야경이 갖가지 색으로 물들어 갔다. 컬러 하우스 단지를 바라보던 안류지는 집으로 가는 길 반대편으로 몸을 돌렸다. 오늘 역시 장은조 곁에 설 수 있는 날은 아닌 것 같았다. 하지만 용기는 두 발로 달리는 동안 커질 수 있을지도 몰랐다. 사거리 번화가에 들어선 안류지는 맞은편에서 바 창문을 올려다봤다. 테이블을 닦던 한 여자가 막 홀 쪽으로 사라졌다. 횡단보도 신호가 바뀌었고 숨이 다시 가빠져 왔다. 건물 앞에 선 안류지는 쉬지 않고 계단을 뛰어올랐다.

애플망고, 아쿠아

작가의 말

소설 뒷장에 들어갈 글을 쓰기 전, D 드라이브 안의 《컬러 필드》 폴더를 열어 봤다. 폴더는 다섯 개로 세부 항목은 여섯 개부터 스물한 개까지 제각각. 내용은 회의 결과와 회의를 통한 수정 작업이 주였는데, 이 정도의 협업 과정을 거쳐 이야기를 써 본 적은 평생 한 번도 없었다. 그리고 출간 전 소설을 누군가 이렇게 빠르고 샅샅이 읽어 준 적도.

초고 마감일 바로 다음 날, PD님의 의견이 도착했을 때는 메일을 잘못 본 줄 알았다. 아무래도 착시나 오류가 아닌가 싶었는데 그건 정말 어떤 사람이 밤새 8만 9976자의 소설을 읽고 전해 준 소식이었다. 아이를 기르면서 일을 하는 사람이.

그렇다고 PD님과 내가 서로를 갈아 부수며 힘을 낸 건 아니었다. 가끔 서로의 광기 어린 눈빛을 발견하고 웃기도 했지만, 돌아보면 안전가옥과의 작업은 몹시 체계적인 계주 경기 같았다. 프로듀서 팀은 내가 뛰는 동안 혈중 산소 포화도와 심박수를 수시로 알려 줬다. 구간을 돌 때마다 파이팅, 이라고 외쳤다. 왜 계속 가요? 저기까지 더 가면 진짜 끝 맞아요? 헛구역질을 참다 자리에 멈춰 서고 싶어질 때면 저 멀리, 먼저 뛰어가 나를 기다리는 동행이 보였다.

경이로운 체력과 판단력으로 소설을 함께 만들어 주신 알렉스 PD님께 깊이 감사드린다. 단락과 단락이 잘 이어진 지점, 장면과 장면이 잘 붙은 지점이 혹시 여럿이라면 그래서 소설이 미약하게나마 숨을 내뱉고 있는

작가의 말

것처럼 느껴진다면 그건 민첩한 감각으로 초고부터 완고까지에 있던 틈을 발견한 PD님 덕이다. 처음에 작업을 함께 했던 로빈 PD님을 비롯한 안전가옥 여러분 그리고 마지막까지 원고를 극진하게 살펴 주신 이혜정 편집자님께도 감사드린다는 말씀을 전한다. 글이 나아지면 나아질 구석이 더 보인다는 사실을, 재밌으면 재밌어질 구석이 더 보인다는 당연한 사실을 나는 뒤늦게 괴롭고 또 즐겁게 체감했다.

원본이라고 부를 수 있을까. 처음의 《컬러 필드》는 웹진 〈비유〉 43호(2021. 7.)에 원고지 54매 분량으로 발표했던 작업으로 그때 이야기 하단에 붙인 해시태그는 다음과 같다. #SF #콩트 #컬러 #빌런 #과신. 이어서 붙인 코멘트는 다음과 같다. '가능성이란 단어가 늘 원대한 건 아닌 것 같다. 언제든, 누구든, 뭐든. 이 말에 달린 창문은 정말 클까. 사람은 할 수 있는 일을 다 하려고 하지만, 어떤 단념은 구원이 되기도 한다. 그래도 한번 문밖을 나선 이 치졸한 인물이 자기 보폭을 찾을 수 있길.'

시간이 흐른 뒤 고쳐 쓴 《컬러 필드》는 원고지 520매 분량으로 발표하는 작업으로 지금 붙일 수 있는 해시태그는 다음과 같다. #SF #퀴어 #코미디 #스릴러 #로맨스. 이어서 붙일 수 있는 코멘트는 다음과 같다. '안류지는 지금쯤 자기 보폭을 찾았을까. 트랙을 돌아 나온 안류지의 여정 그리고 앞날은 어떤 색이 될까.'

있는 그대로, 당신의 색깔로 세상을 만나세요.

Everyone Loves You, You Love Everyone.

  결혼과 독점 연애가 줄어든, 다자 관계 과도기 사회에 세워진 매칭 서비스 기업 컬러 필드. 가능성과 변화가 모토인 컬러 필드에서 근무하지만, 정작 연인인 백환과 오래 교제하고 있던 안류지는 바텐더 장은조를 만나면서 점점 수렁에 빠져든다.

  이번 책은 독자분들께서 이 줄거리 그대로 편히, 툭툭 읽어 나가시길 소망해 본다. 은근히 번잡한 카페 소파에서, 17분 후에 도착할 버스나 지하철을 기다리는 의자에서, 금요일 새벽의 침대에서. 200g 내외의 무게, 100×182mm의 크기. 쇼-트는 성인 다수가 손에 가볍게 쥘 수 있는 판형이고, 나는 《컬러 필드》가 이 판형에 꼭 어울리는 이야기였으면 좋겠다.

2023년 10월
박문영 드림

작가의 말

프로듀서의 말

더 이상 결혼이 기본 값이 아닌 시대에 살지만, 세상에 하나뿐일 내 짝, 운명 같은 사랑에 대한 갈망은 여전합니다. 로맨스 장르의 수많은 콘텐츠가 지금까지 사랑받는 이유이기도 하겠죠. 이 작품 《컬러 필드》 역시, 바로 그 사랑에 대한 이야기입니다.

있는 그대로, 당신의 색깔로 세상을 만나세요.

《컬러 필드》 속 회사 '컬러 필드'가 내세운 캐치프레이즈는 그래서 무척 매력적입니다. 있는 그대로의 나를 받아 줄 사람, 혹은 그런 사랑에 대한 기대는 어쩌면 스스로를 온갖 말로 수식하며 보여 주어야 하는 시대에 더 바라게 되는 무언가일지도 모르니까요.

웹진 〈비유〉에 실렸던 초단편소설 〈컬러 필드〉를 처음 읽었을 때는, 새로운 세대의 연애를 엿보는 듯 신선했습니다. 상대의 성별은 신경 쓰지 않고, 독점 관계를 유지할 필요도 느끼지 않으면서 그저 상대가 찬 팔찌의 색을 보고 새로운 사랑을 선택하는 세상. 그 세상 안에서 여전히 제자리걸음을 하고 있다고 느끼는 안류지에게 마음이 쏠리기도 했고요. 하루에도 수백 번 '만약에-'라는 가정을 해 보는 저에겐 온갖 새로운 사랑을 잔뜩 만나게 해 준 작품이었어요.

처음 이 초단편을 읽고 박문영 작가님께 작업을 제안한 로빈 PD는 그래서 제게 '이 작품은 됩니다!'라는 말을 남겼나 봅니다. 《컬러 필드》가 그리고 있는 세상은 너무나 그럴듯했고, 또 그다지 먼 미래의 일처럼 느껴지지 않아서 소설 속 '한 장면'이 어서 한 권이 책이 되어 나오기를 저는 누구보다 더 기다렸습니다. 오래된 연인이 주는 안정감과 새로운 사람이 주는 짜릿함 사이의 갈등, 누구라도 선택할 수 있는 세상에서 내가 손을 잡고 싶은 한 사람에 대한 이야기에 지난 1년간 푹 빠져 있었어요. 초단편에는 없었던 스릴러 요소가 가미되면서 이야기는 더 흥미로워졌고, 블랙코미디와 같은 결혼식 장면에서는 지금을 살아가는 우리 모습이 겹쳐 보이기도 했습니다.

박문영 작가님과 초겨울에 첫 미팅을 하고 다시 초겨울이 오기까지 약 1년여의 시간 동안 《컬러 필드》의 세계와 우리가 생각하는 사랑에 대해 정말 많은 이야기를 나누었습니다. 서로의 거리가 먼 탓에 만남은 온라인에서 이루어졌고, 하나씩 화상 미팅 장비를 갖추어 가는 작가님을 보며 함께 웃기도 했어요. 오간 메일 스레드와 회의록을 돌아보니 이 역시 연서가 아니었을까 싶습니다. 시놉시스부터 마지막 원고까지, 매번 더 좋은 이야기로 아직 가 보지 못한 세계를 경험하게 해 주신 작가님께 깊은 감사의 말씀을 드립니다. 안류지와 장은조 사이의 간격이 좁아질수록 제 마음이 무척이나 두근거렸다는 이야기를 슬쩍 덧붙여 봅니다.

원고를 함께 읽고 의견을 나누어 주신 안전가옥 스토리 PD들에게도 감사를 전합니다. 사랑에 대해 몇 시

간이고 떠들 수 있는 동료가 있다는 건 큰 복인 것 같
아요.

안 될 이유가 아무리 많아도, '그럼에도 불구하고'
달려가 안기고 싶은 사람, 독자분들께 《컬러 필드》가
그 누군가를 떠올리게 되는 이야기이길 바랍니다. 고
맙습니다.

안전가옥 스토리 PD
신지민 드림

컬러 필드

지은이	박문영
펴낸이	김홍익
펴낸곳	안전가옥

기획	안전가옥
콘텐츠 총괄	이지향
프로듀서	신지민
	고혜원 · 김보희 · 윤성훈
	이수인 · 이은진 · 임미나
퍼블리싱	박혜신 · 임수빈
편집	이혜정
디자인	금종각(이지현 · 최세은)
서비스 디자인	김보영
비즈니스	강윤의 · 이기훈
경영지원	홍연화

출판등록	제2018-000005호
주소	(04779) 서울특별시 성동구 뚝섬로1나길 5, 헤이그라운드 성수 시작점 201호
대표전화	(02) 461-0601
전자우편	marketing@safehouse.kr
홈페이지	safehouse.kr
ISBN	979-11-93024-44-7
초판 1쇄	2023년 12월 15일 발행

안전가옥 쇼-트 시리즈

01 심너울 단편집 《땡스 갓, 잇츠 프라이데이》

02 조예은 단편집 《칵테일, 러브, 좀비》

03 한컨 단편집 《까라!》

04 전삼혜 단편집 《위치스 딜리버리》

05 《짝꿍: 듀나×이산화》

06 김여울 경장편 《잘 먹고 잘 싸운다, 캡틴 허니번》

07 설재인 단편집 《사뭇 강펀치》

08 김청귤 경장편 《재와 물거품》

09 류연웅 경장편 《근본 없는 월드 클래스》

10 범유진 단편집 《아홉수 가위》

11 《짝꿍: 서미애×이두온》

12 배예람 단편집 《좀비즈 어웨이》

13 하승민 경장편 《당신의 신은 얼마》

14 박에스더 경장편 《영매 소녀》

15 김혜영 단편집 《푸르게 빛나는》

16 김혜영 단편집 《그분이 오신다》

17 강민영 경장편 《전력 질주》

18 김달리 경장편 《밀림의 연인들》

19 전삼혜 단편집 《위치스 파이터즈》

20 강화길 단편집 《안진: 세 번의 봄》

21 유재영 경장편 《당신에게 죽음을》

22 해도연 단편집 《위그드라실의 여신들》

23 가언 단편집 《자네 이름은 산초가 좋겠다》

24 백승화 경장편 《성은이 냥극하옵니다》

25 박문영 경장편 《컬러 필드》